le nouveau

Castor Poche
Collection animée par
François Faucher et Martine Lang

Titre original :

ALLE SAGEN NEUER ZU MIR

Une production de l'Atelier du Père Castor

© 1978 by Ingrid Kötter
Published by arrangement with
Cecilie Dressler Verlag - Hamburg.

© 1988 Castor Poche Flammarion
pour la traduction française et l'illustration.

INGRID KÖTTER

le nouveau

traduit de l'allemand par
FABIENNE CHAUDONNERET

illustrations de
ERIKA HARISPÉ

Castor Poche Flammarion

Ingrid Kötter, l'auteur, est née en 1934 à Hagen (R.F.A.) où elle a vécu jusqu'à son mariage.

« Après plusieurs déménagements, nous habitons depuis six ans à Tübingen avec nos deux filles déjà étudiantes. J'ai écrit très tôt, dès l'école primaire. Dans mes histoires, je mettais souvent toute la colère que je n'osais pas exprimer ouvertement contre les adultes. En 1971, j'ai commencé à publier des nouvelles et de la poésie lyrique. C'est cette année là aussi que furent diffusées pour la première fois à la radio mes histoires pour les tout petits, et plusieurs pièces radiophoniques, suivies de dramatiques télévisées et d'émissions également destinées aux enfants.

« Si j'aime écrire pour la jeunesse, c'est que j'observe moi-même les parents, les grands-parents, les voisins, les maîtres avec mes yeux d'enfant. Le regard des enfants sur leur entourage est à la fois critique et tendre, vengeur et gai. Il leur arrive souvent d'être pleins d'admiration pour un adulte et de se sentir aussitôt incompris et ignorés de lui. Je trouve cependant plus difficile d'écrire pour les jeunes que pour les adultes. Je m'efforce de m'adapter à chaque classe d'âge, d'en adopter le ton et les sentiments. J'ai moins de mal à imaginer un personnage de roman lorsque je connais un enfant qui se trouve dans une situation analogue, ce qui est souvent le cas.

« J'aime recevoir les lettres des jeunes lecteurs qui se sont reconnus dans mes écrits et me disent par exemple qu'ils ont eux aussi été « nouveaux » en classe et qu'il leur est arrivé la même chose ou bien qu'ils doivent déménager et espèrent se faire des amis.

« Pour écrire, *le Nouveau*, je me suis beaucoup inspirée de notre propre déménagement d'Enne-petal à Berlin-Ouest. Après avoir vécu dans une petite ville, c'est difficile pour les enfants comme pour les adultes de se retrouver dans une grande ville. Les nouveaux camarades de classe n'ont pas non plus la tâche facile. Jusqu'à présent, *le Nouveau* n'a pas été traduit en langue étrangère.

« J'occupe mes loisirs à chercher de nouvelles histoires, à dessiner et à me promener. J'ai de nombreux amis, jeunes et adultes, à Hagen, Nüremberg, Ennepetal et Berlin ainsi que dans beaucoup de villes et communes où je vais lire des extraits de mes livres dans les écoles et parler avec les enfants. »

Fabienne Chaudonneret, la traductrice, est professeur de Lettres, mais en traduisant des ouvrages allemands, elle a pu réaliser un vieux rêve et acquitter une dette envers des correspondants particulièrement hospitaliers. Mère de deux enfants, elle se réjouit de collaborer à la collection Castor Poche pour l'enrichissement et la modernisation de la littérature enfantine.

Erika Harispé, l'illustratrice, est née en Égypte.

« J'ai passé les trois premières années de mon enfance dans une oasis — Ismaïlia — au milieu des sables chauds. Puis je suis venue en France et me suis installée à Nice. Avec mes amis, nous faisions les caricatures des habitants du quartier. Plus tard, au lycée, je dessinais pendant les cours.

« Aujourd'hui, j'habite avec ma fille, Gaëlle, pas très loin de Paris, dans une petite maison. Je dessine toujours devant ma fenêtre et j'ai la chance d'observer une trentaine d'oiseaux d'espèces différentes. »

Le Nouveau :

Je m'appelle Thomas Bott, j'ai neuf ans, je ne suis pas très courageux, par contre je suis très bavard. A Ennepetal, tout le monde m'appelait Torn. Mais dans le quartier de Berlin où nous venons de nous installer on m'appelle le Nouveau.

Mes sœurs et moi n'avions aucune envie de déménager, mes parents non plus à vrai dire. Mais on n'a pas eu le choix : papa au chômage, la décision a été vite prise.

La vie à Berlin est loin de ressembler à celle d'Ennepetal. Ici, personne ne s'adresse la parole. Alors, un jour, pour faire connaissance avec les voisins, nous avons décidé de sonner à toutes les portes. Et cela nous a réservé quelques surprises...

RAPPORT DE THOMAS BOTT,
9 ANS, QUI A QUITTÉ ENNEPETAL
— C'EST UNE VILLE DE LA
RUHR — AVEC SES PARENTS,
SA GRANDE SOEUR BIGGI
ET SA PETITE SOEUR ANYA,
POUR ALLER VIVRE À BERLIN,
ET QUI VA VOUS RACONTER
TOUT CE QUI LUI EST ARRIVÉ
À CETTE OCCASION.

1. *Pourquoi nous avons dû partir*

Je m'appelle Thomas Bott. Je ne suis pas très courageux, je suis bavard, j'aime bien manger. Je suis plutôt gros, et pas très fort en gymnastique. J'ai neuf ans, Biggi, ma grande sœur, en a douze, et ma petite sœur Anya en aura bientôt cinq. Maman a trente-quatre ans, papa trente-neuf.

A Ennepetal, tout le monde m'appelait Tom. Mais ici, on m'appelle le Nouveau. Il faut vous dire que j'ai déménagé. Maintenant nous habitons le quartier de Lichtenrade à Berlin.

A Ennepetal, nous habitions le quartier Vert. L'appartement était plus petit que celui de Berlin. Il se trouvait au-dessus de l'épicerie de mamie Emma. Il n'a jamais tellement plu à maman. Elle disait toujours : « Les gens du quartier Vert, on les connaît comme le loup blanc ! », et elle prenait son air pincé.

Elle n'avait pas tort. Quand je disais où j'habitais, on me répondait toujours : « Ah bon ? », même mon maître, M. Bickel. Un jour il m'a demandé comment je faisais pour être si bon en maths, et quel était le métier de mon père. J'ai répondu qu'il était chauffeur de poids lourds, alors il a trouvé qu'on aurait quand même eu les moyens d'habiter ailleurs.

De toute façon, notre numéro, c'était le 8, et les Puits, c'est de l'autre côté de la rue, du 13 au 21, derrière le champ de Petersen. Beaucoup de gens appellent ces maisons-là des baraques, parce qu'elles ont le toit plat et qu'elles sont disposées à la queue leu leu. Mais en fait, ce ne sont pas vraiment des baraques.

Les Puits, chez nous, ça veut dire la mine. Je suppose qu'il y avait des mineurs de la Ruhr à la retraite qui habitaient là dans le temps. Mais maintenant il y a plutôt des familles qui ont peu d'argent et beaucoup d'enfants, et qui attendent de trouver un meilleur logement.

Stefan et Silvia Bieberich habitent au 15. Chez eux, on entre directement dans la cuisine et le séjour, et, pour aller dans les chambres, il faut descendre un escalier. De part et d'autre de la porte d'entrée, les murs sont recouverts de lattes de bois. Mais au 19 il n'y en a plus, parce que les derniers locataires s'en sont servis pour se chauffer.

La maison numéro 8 appartient à mamie Emma. En fait, son nom, c'est Mme Emmerich, mais j'ai toujours entendu papa lui dire mamie, et elle, elle l'appelle « mon petit Kurt ». Il faut dire qu'il est né dans l'appartement qui se trouve au-dessus de sa boutique.

Les derniers temps, mamie Emma n'arrêtait pas de dire : « Tu verras, mon petit Kurt, tu regretteras cette saleté de déménagement ! »

D'ailleurs Biggi, ma sœur aînée, et moi, on n'avait aucune envie de déménager. Et papa non plus, à vrai dire, mais on ne nous a pas écoutés. Voici comment ça s'est passé :

L'an passé, le patron de papa — il

s'appelle Willi Kortenkamp — a eu
soixante-cinq ans. Quelques jours avant
son anniversaire, sans rien dire à papa
qui avait travaillé quinze ans chez lui et
qui était son bras droit, il a vendu tous
ses camions et il a fermé son entreprise
de transport.

Du jour au lendemain, papa s'est
trouvé au chômage. Il avait toujours
assuré le trafic local et à l'agence pour
l'emploi on ne demandait que des chauf-
feurs longue distance. De toute façon, les
derniers temps, il ne roulait plus : avec
Willi Kortenkamp, il s'occupait de pro-

grammer la destination des différents camions.

— Il n'y a que des jeunes sur les rangs, nous a dit papa. Ils s'arrachent les places pour les longues distances.

— Ça ne fait rien a répondu maman. D'ailleurs, je préfère que tu travailles dans la région. Je n'aime pas te savoir sans cesse sur les routes. Ne t'inquiète pas, un de ces jours il se présentera sûrement une place qui correspondra à tes connaissances et à tes capacités (maman parle vraiment très bien quelquefois).

Mais il ne s'est pas présenté de place pour papa.

Alors maman a voulu qu'il l'aide à la maison. Mais il a refusé, il a dit que le ménage, c'était l'affaire des femmes.

Finalement, il est resté tout le temps planté près de maman à la cuisine. Il était au milieu du chemin quand elle voulait ouvrir le réfrigérateur. Et quand elle avait une casserole brûlante à la main, il fallait qu'elle fasse attention à lui. Elle a fini par se mettre en colère, elle lui a dit qu'il ne faisait que la gêner et qu'il ne voulait même pas l'aider. Alors papa est allé au café du coin.

Dans la journée, c'est un endroit plutôt ennuyeux. Papa y restait assis des heures à contempler sa bière. Le père de Silvia Bieberich, qu'on appelle « le Balèze » parce qu'il fait partie d'un club d'athlétisme, venait le voir de temps en temps. Il lui disait : « Ne t'en fais pas comme ça, Kurt, prends exemple sur moi ! » Effectivement, ça fait deux ans qu'il est au chômage et, comme il était peintre, maintenant il pose du papier peint chez ses amis et connaissances. Mais il ne faut surtout pas que ça se sache à l'agence pour l'emploi, parce que, comme les émanations de peinture lui donnent des boutons, ils veulent le recycler. Mais lui, le Balèze, il aime bien son ancien métier, il ne veut pas en apprendre un autre. D'ailleurs, quand il pose du papier peint chez ses amis, ça ne lui donne pas de boutons.

— Viens avec moi, Kurt, a-t-il dit à papa, tu pourras mettre la colle et me tenir le papier.

Alors papa l'a accompagné. C'était

plutôt amusant, et puis on leur offrait de la bière. Mais maman était inquiète :

— C'est interdit, de travailler au noir.

Moi aussi, je suis allé avec eux une ou deux fois.

Souvent l'après-midi, maman se rendait à la boutique donner un coup de main à mamie Emma. C'est comme ça qu'un jour une cliente lui a montré un article de la *Revue de Westphalie* où l'on disait qu'on demandait des routiers et d'autres travailleurs à Berlin.

Alors maman s'est renseignée, et elle a calculé que papa gagnerait davantage à Berlin que chez Willi Kortenkamp. Elle est très forte en calcul, maman. D'ailleurs, quand elle n'était pas mariée et qu'on n'était pas là, elle a travaillé dans un bureau.

Ensuite, elle a emprunté à mamie Emma sa vieille machine à écrire, et elle a écrit à l'agence pour l'emploi de Berlin. D'abord papa n'a pas voulu signer la lettre, et puis il a fini par le faire.

L'entreprise de Berlin a répondu peu de temps après. Papa est aussitôt parti pour Berlin et il n'est rentré que très tard le lendemain soir. Moi, je n'arrivais pas à dormir et j'ai écouté.

L'entreprise plaisait à papa et le contrat plaisait à maman. Elle était contente aussi de ce que papa n'ait pas à travailler loin, que l'agence pour l'emploi prenne en charge les frais du déménagement et que la firme s'engage à nous aider à trouver un appartement.

Mais papa lui a dit qu'il y avait une période d'essai de trois mois et que ce ne serait pas si facile :

— C'est un poids lourd que je devrai conduire là-bas !

— Ne t'en fais pas, Kurt, tu y arriveras ! lui a dit maman. Tu as du travail, on va déménager, et les enfants ne seront plus mélangés avec tous les petits morveux des baraques. Le contrat est parfait. Signe-le, Kurt.

Mais moi, je ne voulais pas que papa signe. Alors je me suis levé et je leur ai dit que Stefan et Silvia Bieberich se lavaient sûrement plus souvent le nez et le cou que Paul Podlows qui habite un des pavillons de l'autre côté de la voie ferrée.

Mais ça n'a servi à rien : papa a signé le contrat.

2. *Comment nous avons failli démolir une Volkswagen*

La veille du déménagement, nous avons joué une dernière fois dans le champ de Petersen. C'est un fermier chez qui le vieux Petersen a habité après la guerre qui le lui a légué, ainsi que toute la colline. Chaque fois que des acheteurs se sont présentés, le vieux Petersen leur a répondu : « Je ne peux quand même pas priver les enfants de leur terrain de jeu ! »

C'est là qu'au printemps on cherchait les œufs de Pâques, ou qu'on faisait nos petits feux, ou qu'on jouait au gendarme et au voleur. En été, on y construisait des cabanes ; en automne, on y jouait au cerf-volant, et en hiver on y faisait de la luge et des batailles de boules de neige.

Beaucoup de gens disaient que c'était

« une honte pour la région de laisser des enfants jouer dans une décharge ». Une fois, c'était même écrit dans le journal. Ils ne se rendaient vraiment pas compte comme c'était bien.

Pour trouver de quoi construire nos cabanes, on n'avait pas besoin d'aller loin, parce que, la nuit, les gens du voisinage venaient déposer leurs vieilleries en cachette : il y avait des planches, des cocottes-minute toutes rouillées, des pneus usés, des pierres, des moitiés de bicyclettes... Un jour, on a même découvert sur l'herbe un canapé auquel il manquait un pied. C'était le canapé du vieux M. Drescher, un de ceux qui se plaignaient le plus souvent de « la honte du quartier ».

On a traîné le canapé dans la cabane d'été. Comme ça, quand il pleuvait, on s'allongeait dessus et on essayait de boire les gouttes qui tombaient par les trous du toit.

Mais quand on a trouvé dans le champ la vieille Volkswagen, on n'a pas pu deviner qui l'avait apportée là.

Lorsque je suis arrivé sur place avec Biggi, Stefan Bieberich et Paul Podlows

avaient déjà démonté les portes. On s'est tous mis à sauter sur le pare-chocs arrière pour le faire tomber : ça pourrait servir de gouttière pour la cabane d'été.

Tout à coup, on a entendu quelqu'un qui avait l'air très énervé hurler :

— Arrêtez ! Arrêtez !

C'était le vieux Petersen.

— Stop, les enfants ! Il ne faut pas démolir la voiture, elle est à un de mes amis !

Comment pouvions-nous deviner que cet ami avait dû être hospitalisé d'urgence et que Petersen lui avait promis de veiller sur sa voiture ? Paul Podlows et moi, on a pris la fuite. Mais Biggi et Stefan Bieberich sont allés chercher papa qui était au café avec Bieberich le Balèze. Les deux pères ont tout arrangé.

— Surtout, ne dites rien à maman ! nous a recommandé papa.

Mais rien n'échappe à maman. Elle a tout de suite remarqué les traces de graisse sur nos mains et sur nos pantalons. Elle était drôlement énervée ! En plus elle a fait le calcul de ce que ça aurait coûté, si nous avions complètement démantibulé la voiture !

Au bout d'un moment, papa a dit :

— Les enfants ne pouvaient pas savoir que ce n'était pas un cadeau au même titre que les pneus, les planches et le canapé.

Mais maman n'aime pas que papa prenne toujours notre parti. Alors elle nous a dit sèchement :

— Allez vous changer, et ne sortez plus. Vous avez fait assez de bêtises pour aujourd'hui.

3. *Le journal intime de Biggi*

A ce moment-là, Biggi, qui avait encore les mains pleines de cambouis, s'est mise à fouiller dans une des caisses du déménagement : elle cherchait son journal intime.

— Pour l'amour du Ciel, tu ne peux pas attendre un autre jour pour le chercher ? lui a demandé maman.

Biggi a répondu en criant :

— Stefan Bieberich me l'a offert pour que je puisse y écrire quand je suis particulièrement heureuse ou particulièrement en colère.

Ça, c'est vrai : une fois, Biggi a failli noter quelque chose dans son journal. C'est le jour où Stefan Bieberich lui a sauvé la vie.

Ce jour-là, Biggi revenait de l'école et

allait entrer dans la maison, quand elle a trouvé devant la porte Paul Podlows et deux de ses copains, qui habitent les pavillons au-delà de la voie ferrée. Ils avaient des bâtons à la main et s'apprêtaient à frapper Biggi. Il faut dire que la veille, elle avait donné la fessée à la sœur de Paul Podlows parce qu'elle avait pris le seau de notre petite Anya dans le bac à sable.

Biggi ne manque pas de courage. Au lieu de s'enfuir, elle leur a crié :

— Venez, mais venez donc !

Heureusement, à ce moment-là, Stefan Bieberich, qui est dans la classe de Biggi, et moi, on arrivait au coin de la rue.

Moi, je me suis écrié :

— Trois garçons contre une fille, c'est honteux ! et j'ai fichu le camp.

Il faut dire que les autres sont bien plus grands que moi.

— Reste ici, espèce de lâche ! a hurlé Stefan.

Mais j'ai fait semblant de ne pas entendre, parce que finalement les autres étaient armés, et pas nous.

Ils s'approchaient de plus en plus de

Biggi et de Stefan en les menaçant de leurs bâtons.

– Vous ne savez pas lire ? a demandé Stefan.

– Bien sûr que si ! a répondu Paul Podlows, et en même temps, il bloquait Biggi au tibia avec son bâton.

– Alors regardez ce qui est écrit là-haut a continué Stefan en montrant l'inscription au-dessus de la boutique de mamie Emma : ÉPICERIE EMMERICH.

Comme les lettres étaient à moitié effacées, ils ont dû les épeler.

C'est seulement en entendant le tintement de la porte du magasin qu'ils ont compris qu'on les avait roulés. Biggi et Stefan étaient déjà à l'intérieur.

Mais moi, j'ai dû faire un énorme détour pour que les autres ne passent pas leur rage sur moi. Trois contre un, ç'aurait vraiment été honteux !

A la suite de cela, Biggi a donné son cahier de poésies à Stefan pour qu'il y mette quelque chose. Et aussi elle l'a remercié. Lui, il a rougi jusqu'aux oreilles, et il a dit :

– Tu crois qu'on va perdre le prochain match contre leur équipe ? Tu dois savoir ça, non ? T'es le meilleur gardien de but qu'on ait eu. T'as beau être offensée, tu peux pas laisser tomber, t'as pas le droit !

De voir que Stefan ne pensait qu'au foot, ça a mis Biggi en rage pour le reste de la journée. Elle allait le noter dans son journal intime quand Stefan lui a rendu son cahier de poésies. Il avait écrit :

> Un, deux, trois,
> Que fera sans moi,
> Quatre, cinq, six,
> Ma petite Biggi ?
> Sept, huit, neuf,
> Au foot, je s'rai veuf,
> Dix, onze, douze,
> Elle m' laisse dans la bouse.

D'un côté, Biggi était ravie de lire « au foot, je serai veuf », et bouleversée par l'histoire du déménagement. Mais de l'autre, elle n'était pas contente de voir le mot « bouse » au milieu des poèmes. Finalement, comme elle ne savait pas si elle était heureuse ou furieuse, elle n'a rien inscrit dans son journal intime.

Ça se passait au printemps.

La veille du départ, Biggi s'est mise à crier :

– C'est de la méchanceté pure ! On me cache mon journal juste le jour où je suis vraiment en colère !

Et elle est sortie en courant, a dévalé l'escalier et s'est enfermée aux toilettes, comme elle fait toujours quand elle est particulièrement en colère. Les toilettes étaient à l'étage en dessous, on les partageait avec mamie Emma.

Je suis descendu aussi, et je me suis mis à piétiner devant la porte en criant : « Ouvre, ça presse ! » comme je fais toujours quand elle s'enferme.

Mais Anya était sur le palier, en train de faire des bulles de chewing-gum, et elle a couru raconter à maman :

– Tom attend à la porte des waters !

C'est une vraie rapporteuse, Anya !

Alors maman est venue sur le palier et elle m'a crié d'en haut :

– Tom, laisse ta sœur tranquille, sois gentil ! Elle fait sa puberté !

La puberté, toujours la puberté ! Moi, quand j'aurai l'âge de Biggi et que je ferai des bêtises, je dirai que c'est la puberté ! Mais là, je parie qu'on me répondra : ça n'arrive qu'aux filles.

Voilà ce que je me disais.

Un jour, maman m'a expliqué :
— Écoute Tom, c'est lié à la croissance. Quand on grandit trop vite, les sentiments sont sens dessus dessous : on n'est plus un enfant et on n'est pas encore un adulte. Ça arrive aussi aux garçons, tu sais.

Je me suis assis devant la porte des toilettes en pensant : « Pourvu qu'elle s'en souvienne quand j'aurai douze ans, moi aussi ! »

Au bout d'une demi-heure, notre voisin d'en face, le vieux M. Drescher, est arrivé. En général, il passe ses journées allongé devant la fenêtre. Il a le droit, lui, parce qu'il est à la retraite, et maman dit toujours : « Quand on est vieux, on a le droit de profiter de l'existence, parce qu'on a travaillé toute la vie. »

Mais moi, je ne sais pas si M. Drescher profite tellement de l'existence, parce qu'il rouspète tout le temps : quand il y a du bruit dans la rue, quand un ballon atterrit dans son bout de jardin et même quand ses voisins font du chou !

Là, il avait des feuilles de papier hygiénique plein les mains. On pouvait lire : S.O.S., c'est de l'anglais, ça veut dire : « Sauvez nos âmes ! » ; c'est Biggi qui avait écrit ça sur le papier avec le rouge à lèvres de maman.

Pour le coup, maman s'est mise à crier :

— Mon beau papier ! Mon rouge à lèvres ! Il vaut une fortune ! Sors de là immédiatement, Biggi !

Alors Biggi est sortie, mais c'est moi qui ai reçu la porte dans la figure. Elle est remontée en courant et elle s'est jetée par terre dans le séjour au milieu des caisses.

— Personne ne me comprend ! criait-elle en martelant le sol de ses poings.

— Les enfants ne veulent pas partir ! a dit maman à M. Drescher. Je leur ai promis de changer les meubles de leur chambre, et bien d'autres choses encore, mais rien n'y fait.

— Je les comprends, je ne les comprends que trop ! a répondu M. Drescher.

Il s'est assis sur une caisse et s'est mis

à nous parler de son enfance au temps de la Première Guerre mondiale, et de tous ses déménagements : c'était effrayant !
— Depuis cette époque, a-t-il ajouté, je fais collection de cartes postales, pour le souvenir, vous comprenez ?

Anya et moi, on a fait oui de la tête, mais Biggi ne voulait pas comprendre, tout ce qu'elle voulait, c'était pleurer.

A ce moment-là, maman a remarqué qu'Anya avait du chewing-gum dans les cheveux ; elle a essayé de le lui enlever, mais Anya s'est mise à hurler, et puis en

montrant le crâne de M. Drescher, qui est chauve, elle a demandé :

— Comment on fait pour avoir une tête sans cheveux, comme ça ? Moi aussi, je veux une tête sans cheveux !

Alors Biggi a émergé d'entre les caisses, elle a regardé, et elle a éclaté de rire.

M. Drescher s'est caressé le crâne en disant :

— On dirait que j'ai rendu le sourire à votre fille, chère madame.

Mais ça n'avait pas l'air de lui faire tellement plaisir.

— Notre fille traverse une période difficile, a répondu maman.

Elle aurait sans doute donné des explications si Anya n'avait pas crié si fort. Ça m'est déjà arrivé d'avoir du chewing-gum dans les cheveux, et il faut dire que ça fait plutôt mal, quand on veut vous le décoller.

Lorsque M. Drescher est sorti, je lui ai dit à l'oreille que Biggi faisait sa puberté, qu'elle ne voulait pas déménager et que son journal intime avait disparu.

Alors M. Drescher m'a dit :

— Soutiens ta sœur, mon enfant, la vie n'est pas facile pour elle.

Je lui ai crié de loin :

— Pour moi non plus, vous savez !

Mais il n'a pas entendu.

4. *La poupée d'Anya et mon chien de chiffon*

Allongée à plat ventre dans la cuisine, Anya coloriait de vieux journaux avec de la peinture à doigts. Elle disait qu'elle peignait notre maison. En fait, on voyait juste des gros ronds et des petits ronds.

Alors j'ai voulu lui montrer comment on représente une vraie maison, et je suis allé chercher mes feutres et du papier à dessin :

– La peinture à doigts, c'est pour les bébés !

Anya s'est assise près de moi : ça l'amusait de pouvoir regarder différentes pièces que je traçais. Elle disait :

– Tiens, voilà mamie Emma devant le pot à sucettes ! Ça, c'est nous, dans le séjour. Ça, c'est Mme Jordan sur son canapé à fleurs. Et puis, voilà Mme Pie-

penbrink avec Moni. Et là, M. Piepenbrink, dans le jardin, près de ses
tomates !

Et chaque fois, elle posait ses doigts
pleins de peinture sur mon dessin.

– Fais attention ! Tu mets de la peinture
partout !

Mais Anya n'entend pas toujours. Elle
a montré la cuisine des Petersen avec sa
patte sale en disant :

– Et ça, c'est M. Petersen qui est en train
de réparer le fer de maman !

Elle avait tout barbouillé, alors je lui
ai flanqué une gifle. Alors Biggi m'a giflé,
parce qu'elle ne supporte pas que les
grands frappent les petits. Et maman,
qui ne supporte pas ça non plus, s'apprê-
tait à gifler Biggi qui est plus grande que
moi, lorsque papa lui a dit qu'on ne tape
pas sur une gamine de douze ans.

Maman s'est mise à se lamenter au
milieu des caisses de déménagement.

– On part demain, et vous, tout ce que
vous trouvez à faire, c'est de démolir des
voitures, peindre des maisons, vous disputer, vous battre. Mais il ne viendrait à
l'idée de personne de m'aider.

Aussitôt tout le monde s'est agité. Biggi a demandé :

– Qu'est-ce qu'on doit mettre en premier : le livre ou le cendrier ?

Et papa a ajouté :

– Est-ce qu'il faut vraiment ranger les choses une par une ?

Et moi :

– Est-ce qu'on doit envelopper le cendrier ?

Maman est devenue toute rouge et elle s'est mise à tempêter :

– Sortez de là ! Vous ne voyez pas que vous m'encombrez ?

Nous nous sommes regardés en ricanant : c'est toujours comme ça que nous faisons quand il faut aider.

Tout à coup, Anya a remarqué que sa poupée Elvire se trouvait au fond d'une caisse. Elle allait la tirer par les cheveux, mais maman a dit :

– Ta poupée restera là où elle est. Et elle a refermé la caisse.

Alors Anya s'est mise à pleurer parce que sa poupée était dans le noir et qu'elle ne pouvait pas respirer.

– Et moi, a répondu maman, est-ce que quelqu'un s'inquiète de savoir si je peux encore respirer, si je ne vais pas étouffer sous le travail ?

Elle tenait un sac d'ordures à la main pour que quelqu'un l'emporte à la poubelle.

— A qui la faute ? a remarqué papa.

Maman a eu les larmes aux yeux. Mais ni papa ni Biggi ne s'en sont aperçus.

Je suis allé porter le sac à la poubelle, et heureusement car au milieu des coquilles d'œufs, des pots à cornichons, des papiers d'emballage et des pelures d'oignons, j'ai découvert mon chien de chiffon.

C'était mamie Emma qui me l'avait fabriqué avec des bouts de tissu, pendant que je la regardais faire. Elle avait pris du tissu bleu pour la tête, et un bouton doré pour la truffe afin qu'il soit toujours fidèle et puisse flairer le danger. Elle lui avait cousu des yeux en bois et des oreilles en toile de voile à bateau, qui restaient bien droites dans le vent.

Mon premier jour d'école maternelle, j'avais emporté mon chien dans mon cartable.

Quelquefois, la nuit, il s'échappe et file se cacher sous le lit. Mais moi, je ne peux pas aller le chercher dans le noir, parce que c'est là que se cachent aussi les revenants et les cambrioleurs. Alors dans ces cas-là, je vais tout doucement réveiller maman pour qu'elle vienne voir. C'est moins pénible d'être grondé que de ne pas pouvoir s'endormir.

Quand je suis rentré avec mon chien, maman m'a dit :
— Tom, rapporte cette horreur à la poubelle, ça pue !
C'était donc ça : elle l'avait fait exprès ! Elle ne se rendait pas compte de ce que peut représenter un chien de chiffon pour un enfant qu'on force à déménager ! Et j'avais bien plus peur du déménagement que du premier jour d'école, alors j'ai dit :
— Je ne partirai pas sans mon chien ! Ce n'est pas sa faute s'il lui manque un œil et une oreille : c'est Anya qui les lui a arrachés. Elle casse tout !
Alors maman a pris Anya dans ses bras, elle a tout laissé tomber — d'ailleurs les caisses étaient par terre — et elle est partie voir notre voisine, Mme Jordan.

Quand nous nous sommes retrouvés seuls, papa m'a dit :

— Je ne crois pas que maman ait bien réfléchi à toute cette histoire.

Que va-t-elle faire quand elle ne pourra plus aller chez Mme Jordan ? C'est elle qui la console quand nous nous disputons, qui lui prête des bas quand les siens sont filés, ou qui lui donne du sel quand, le dimanche à midi, maman s'aperçoit qu'il n'y en a plus. Elle trouve aussi des épingles à nourrice quand maman en a absolument besoin, elle sait ce qu'on doit faire pour la varicelle, comment on traite les amygdales purulentes, comment on guérit les oreillons, et quand maman rentre de chez elle, elle dit toujours : « Mme Jordan dit que... »

Nous avions beau être tristes, nous nous sommes mis tous les deux à rire et c'est juste à ce moment-là que maman est revenue. Elle nous a regardés d'un air étonné, puis elle nous a dit :

— Mme Jordan dit que tout le monde devrait aider, la veille du départ.

5. *Comment j'apprends que Silvia Bieberich est amoureuse de moi*

Les Piepenbrink ont sonné à la porte juste après. Ils étaient avec leur fille Moni et venaient proposer leur aide. En fait, Mme Jordan avait parcouru tout l'immeuble en disant que maman avait besoin d'aide.

J'ai bien cru d'abord que papa allait piquer une colère, mais finalement il a dit :

— Mettez-vous à l'aise, mesdames, installez-vous sur les caisses. Que diriez-vous d'un petit café ?

— Ça, c'est une bonne idée ! a répondu M. Piepenbrink. Je viens juste de terminer un gâteau, je vais en chercher.

La pâtisserie, c'est son violon d'Ingres.

Le séjour offrait vraiment un drôle de spectacle : le café fumait, tout le monde

discutait, Mme Jordan complimentait M. Piepenbrink sur le gâteau. Seule maman restait assise dans son coin sans rien dire et sans pouvoir continuer les paquets.

Mme Piepenbrink racontait que Moni avait été embauchée à l'usine. Il faut dire qu'elle n'avait pas trouvé de place d'apprentie à cause de son accent provincial. Elle aurait bien voulu devenir vendeuse en parfumerie, mais le patron avait dit que ce n'était pas possible, et il avait mimé une scène avec une cliente distinguée.

Tout le monde s'est mis à rire, sauf moi, parce que j'aime bien Moni et que chacun parle comme elle dans le lotissement.

J'étais sur le point de le faire remarquer aux autres, quand on a sonné. C'était M. Petersen avec mamie Emma : elle voulait savoir si on allait lui donner Hansi en pension. Hansi, c'est notre canari.

— Emportez-le, a dit maman, tout ce chamboulement risquerait de le tuer.

Alors mamie Emma a pris la cage qui était suspendue à un mur, et elle a proposé encore une fois d'échanger nos appartements.

Il faut dire qu'elle veut fermer le magasin au printemps prochain. Nous, on aurait eu comme chambre la boutique. Comme ça, quand nos copains seraient venus nous voir, ça aurait agité la sonnette.

Mais maman a répondu :

— Non, c'est trop tard, maintenant. L'appartement est retenu là-bas et Kurt va prendre son poste. On ne peut plus rien changer.

Ensuite elle a reparlé de la prime d'installation à Berlin, du prêt d'équipement et des meubles qu'elle allait acheter.

M. Petersen lui a rendu son fer à repasser en disant :

— Vous ne faites pas attention, madame Bott. Tâchez de ne plus poser le fer chaud sur le fil électrique : il a fallu que je le change.

Tout à coup, l'air lui a manqué, il a failli étouffer. Il avait du mal à respirer, on entendait un sifflement. Il nous a expliqué :

— C'est le temps !

Autrefois, M. Petersen était mineur ; ça lui a donné une maladie des poumons qui s'appelle la silicose. Évidemment, comme il a moins d'air pour respirer, on lui donne une plus grosse retraite. Mais il préférerait avoir une plus petite retraite et davantage d'air.

Tout à coup Anya a repensé à sa poupée et elle a supplié maman de la sortir de la caisse. Papa a dit :

— Écoute, Anya, tu ne vas pas te mettre dans un état pareil pour une vieille poupée !

C'est à ce moment-là qu'on a entendu la benne à ordures. Maman l'avait spécialement fait venir pour y mettre nos vieilleries et tout ce qui se trouvait à la cave et qui ne servirait plus. Elle avait déjà déposé tout ça dans la rue, et les voisins s'étaient dépêchés d'ajouter les choses dont ils voulaient se débarrasser.

Maman annonça à papa :

— J'ai mis aussi le vieux poste de télévision.

Alors papa s'est levé d'un bond :

— Ce n'est pas possible ! Tu n'aurais pas pu me demander mon avis ? Il est plein de tubes utilisables et de bons souvenirs !

Et il a fallu qu'on coure, Anya et moi, récupérer le poste. Heureusement, le camion des éboueurs n'avait pas encore tourné le coin de la rue. Le poste trônait au sommet du tas d'ordures, entre le tapis de Mme Jordan et la baignoire-sabot de mamie Emma.

Silvia Bieberich était en train de fouiller dans les ordures. Je lui ai dit :

— Aide-nous, Silvia, il faut qu'on récupère le vieux poste de Papa !

Mais elle a refusé :

— Il y a des jeunes qui l'ont déjà démoli, votre poste. Il n'y a plus que la carcasse, là-haut !

Anya est repartie en courant vers la

maison et elle a crié du plus loin qu'elle a pu :

— Papa, on a massacré ton poste, on a volé tes souvenirs !

Silvia a éclaté de rire. Quand je pense qu'un jour, je lui ai promis de l'épouser ! Là, je l'ai menacée :

— Attends un peu demain en classe !

Et je suis monté tout seul sur le tas d'ordures.

— Demain, tu ne seras plus à l'école ! Tu partiras pour Berlin. Tu as déjà oublié ?

C'est vrai, j'avais oublié !

Entre-temps, le camion était arrivé. Un éboueur m'a saisi dans les bras en disant :

— C'est quand même dommage : dans ce pays on jette les petits garçons aux ordures ! Ça peut encore servir, qu'en penses-tu, mignonne ?

Mais Silvia m'a tiré la langue et a répondu :

— Bof ! Vous pouvez y aller, ce n'est que Thomas Bott. Il s'en va à Berlin parce qu'on n'est pas assez bien pour lui ici. Comme si c'était autrement, là-bas !

Là-dessus elle s'est sauvée en sanglotant. Alors l'éboueur m'a déposé par terre et m'a demandé si la petite qui s'était enfuie était amoureuse de moi ; il a ajouté :

— Pour piquer une crise pareille, faut vraiment perdre quelqu'un qu'on aime !

La benne à ordures avait englouti la carcasse du poste depuis longtemps et moi, j'étais toujours au milieu de la rue à me dire : « Silvia Bieberich m'aime ! » C'était une sensation formidable, quelque chose comme des fourmis dans l'estomac.

Silvia arrive à faire l'arbre droit sur le bras de Bieberich le Balèze, et quand elle est en maillot bleu clair, on dirait une vraie princesse de cirque !

Je l'aime bien, Silvia.

Je me suis promis de lui envoyer une carte de Berlin.

6. *Comment nous avons joué à la momie*

Lorsqu'il m'a vu revenir les mains vides, papa a dit :
— Dommage ! C'était un poste fidèle ! Il nous a offert longtemps de bons et loyaux services.

Maman a suggéré de faire passer un avis de décès dans le journal, quelque chose comme : « Nous déplorons la disparition de notre bon vieux poste de télévision. » En fait, elle était bien contente qu'il soit cassé, parce qu'elle trouve que la télévision rend bête et paresseux.

M. Piepenbrink, qui était en train de manger son gâteau, a failli s'étrangler de rire. Ensuite maman a parlé à tout le monde de la disparition du journal intime, de la poupée au fond de la caisse, des messages de détresse sur le papier hygiénique et de mon chien de chiffon.

— Oui, oui, a dit mamie Emma, ce n'est pas une petite affaire de déménager. Mais ce n'est pas drôle non plus pour ceux qui restent, et vous allez me manquer.

— A moi aussi, a dit Mme Jordan. Je sens déjà comme un creux dans l'estomac.

En fait, elle avait la bouche pleine et elle était en train de prendre sa quatrième part de gâteau.

— Moi, a dit mamie Emma, ça ne m'étonne pas du tout que chacun essaie de se raccrocher à un objet aimé : c'est plein de souvenirs. Écoute-moi, mon petit Kurt, dès que vous serez là-bas, achète-toi la télévision en couleurs, tu verras comme Gertrude la regardera !

Tandis que papa et maman se disputaient pour savoir si un téléviseur couleurs est un objet nécessaire ou superflu, mamie Emma a demandé à Anya dans quelle caisse se trouvait la malheureuse poupée.

— Viens, mon petit Kurt, on passe à l'action, a-t-elle déclaré.

Alors maman s'est assise sur la caisse

en question, mais papa l'a soulevée et posée à côté, et mamie a délivré la poupée.

— Il est grand temps que nous partions, a dit maman. Je ne suis même plus libre d'éduquer mes enfants comme je veux. Dans un grand immeuble, au moins, ça ne risquera pas d'arriver. D'ailleurs Mme Jordan dit qu'elle aimerait mieux nous voir partir aujourd'hui plutôt que demain. N'est-ce pas, madame Jordan ?

Mme Jordan a eu l'air surpris.

— Pas du tout, madame Bott ; il y a longtemps que j'habite ici, et quand je vois comme nous nous entendons bien, je ne peux pas imaginer avoir dit cela. Voyez-vous, de bonnes relations entre voisins, ça n'a pas de prix.

Nous étions stupéfaits : finalement

Mme Jordan ne dit pas toujours la même chose que maman ! Peut-être que c'était seulement pour avoir une voix de plus contre nous que maman prétendait que Mme Jordan était de son avis.

– Bon, allez, au travail ! a déclaré Mme Jordan. On n'est pas venu là pour prendre le café et dire qu'on va aider. C'est le moment d'emballer maintenant !

– Alors ça, ça me connaît ! s'est écriée Moni Piepenbrink en se levant d'un bond. Mais ce que je préfère emballer, ce sont les petits enfants. Seulement il faut commencer par bien les emmailloter, sinon ils peuvent être abîmés à l'expédition !

Elle a chuchoté quelque chose à l'oreille de mamie Emma et elle est allée chercher cinq rouleaux de papier hygiénique au magasin. Et pendant que les dames aidaient maman, nous autres, nous avons joué à la momie : papa s'est chargé d'emmailloter Biggi et Moni s'est occupée de moi. On a commencé au signal : « Attention, prêts, partez ! »

Biggi et moi, on devait garder les pieds serrés et les bras le long du corps, pendant que papa et Moni tournaient autour de nous à toute vitesse, le papier à la main. M. Petersen et M. Piepenbrink nous encourageaient. Papa avait déjà bandé Biggi jusqu'à la tête que Moni n'était même pas arrivée à mon ventre. Biggi formait d'ailleurs une momie superbe.

Ensuite papa a proposé à maman de faire la momie, mais maman a refusé, elle n'aime pas qu'on l'entortille. D'ailleurs elle nous a dit :
— Ça suffit, à présent. Il est temps de travailler !

Alors Biggi et moi, on a dû sortir de notre emballage et ramasser tous les morceaux de papier déchiré. Ça nous a servi ensuite à envelopper les beaux verres à vin.

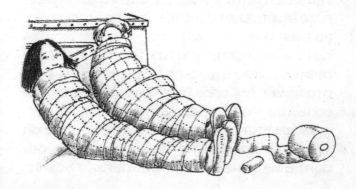

7. *Les copains de papa donnent l'aubade à maman au milieu de la nuit*

Comme Anya voulait absolument jouer à la guerre avec moi au milieu des caisses, on nous a envoyés nous coucher.

C'était la pleine lune, il faisait clair dans la chambre, je voyais parfaitement les meubles et les gravures accrochées aux murs. J'ai essayé d'imaginer ce que je verrais à Berlin quand la lune éclairerait ma chambre, dans une H.L.M. C'est très important la lune, parce que ça ne change pas.

J'ai entendu partir tout le monde, même papa, qui est allé au café du coin retrouver ses copains. Maman n'était pas contente : elle ne les aime pas.

Papa est rentré à trois heures du matin en ramenant Rosi et les copains. Ils ont donné l'aubade à maman dans le séjour.

Biggi et moi, ça nous a réveillés, d'ailleurs.

Assise sur les genoux de papa, Rosi lui disait :

— Tu ne peux pas laisser tomber les copains comme ça, Kurt, reste avec nous !

Papa avait la larme à l'œil et il chantait :

— Non, nous ne nous séparerons jamais !

Pendant ce temps-là, maman, les bigoudis sur la tête, faisait du café pour tout le monde. Eux, c'était plutôt de l'alcool qu'ils voulaient, mais elle a refusé de le sortir.

Alors Karl Stiefelmanns s'est incliné devant elle et lui a dit :

— Vous avez raison, belle dame, nous avons déjà trop bu. Venez, mes amis !

Il est coiffeur, je crois même qu'il a eu un salon à lui dans le temps, c'est pour ça qu'il sait parler aux dames en bigoudis.

En redescendant, ils ont essayé de ne pas faire de bruit, mais Karl Stiefelmanns a raté une marche et il a dévalé l'escalier. Deux copains l'ont aidé à se relever et Bieberich le Balèze lui a tenu la porte, mais en même temps il s'appuyait sur toutes les sonnettes de l'immeuble à la fois. Ça faisait un de ces bruits ! Et il lui a fallu un certain temps pour s'apercevoir que c'était sa faute à lui !

Maman a dû faire le tour de l'immeuble pour s'excuser. Au matin, Karl Stiefelmanns lui a apporté des fleurs, pour le bruit et pour notre départ. Moi, je les trouve super, les copains de papa, mais maman ne les aime pas, malgré les fleurs.

8. *Les bonbons verts de mamie Emma*

Les déménageurs sont arrivés à huit heures du matin et ils ont commencé à vider l'appartement.

Quand il n'y a plus rien eu dans le séjour, Anya, tout heureuse, s'est mise à sauter partout en criant :

— C'est bien, ça résonne !

Quand les gars ont voulu démonter son lit, elle s'est soudain rendu compte que c'était sérieux. Elle s'accrochait à son lit en hurlant :

— Lâchez ça, il reste ici, il ne faut pas le démolir, j'en ai encore besoin !

Finalement, les déménageurs l'ont assise sur le lit et ont porté le tout dans le camion. Ça, ça lui plaisait. Curieuse comme elle est, elle pouvait tout observer de son lit.

C'est ainsi qu'elle a découvert Stefan Bieberich. Il voulait absolument partir avec nous, à cause de Biggi, et il s'était caché derrière les planches de l'armoire. Ça a bien fait rire les déménageurs qui lui ont dit :

– Alors comme ça, on veut s'en aller à Berlin, on est amoureux ?

Il est devenu tout rouge et il a pris la fuite.

Mais Biggi ne s'est aperçue de rien : elle était en train d'étaler le reste de peinture à doigts sur les murs de notre chambre.

A la place de son étagère, elle avait écrit en noir :

ENTRÉE INTERDITE DANS NOTRE CHAMBRE !
TOUTE INFRACTION
SERA SÉVÈREMENT RÉPRIMÉE
LA VENGEANCE SERA TERRIBLE.
SIGNÉ : LA MAIN NOIRE.

M. Drescher, qui était venu nous donner des cartes d'Ennepetal comme souvenirs, a eu l'air étonné :

– Dans le temps, on ne nous aurait pas permis de faire ça !

Et il a trempé l'index dans le pot de peinture rouge et s'est mis à dessiner des petits bonshommes sur le mur.

Sans qu'on s'en aperçoive, la nouvelle locataire était entrée dans la chambre. M. Drescher lui a demandé si elle voulait peindre avec nous. En réalité, tout ce qu'elle voulait, c'étaient les clés de l'appartement.

Maman a dressé en vitesse sur un bout de papier la liste de ce que nous laissions : deux poubelles, sept tringles à rideaux, une étagère avec six planches dans l'entrée et une petite lampe dans le placard à provisions. Elle a expliqué que nous n'en aurions pas besoin là-bas.

– Je prends tout, a dit la dame, mais faites vite, je ne tiens plus debout !

Et elle a cherché de quoi s'asseoir.

– Je regrette, lui a dit maman, toutes les chaises sont dans le camion, maintenant.

Anya a bien regardé les grosses jambes de la dame et elle lui a dit :

– Vous n'avez qu'à vous asseoir sur la cuvette des waters, on la laisse ici.

La dame est devenue toute rouge, puis finalement on l'a accompagnée aux toilettes, à l'étage au-dessous et, là, elle a pu s'asseoir.

Au moment de partir, Anya avait disparu. On s'est tous mis à crier son nom, mais c'est Mme Jordan qui l'a retrouvée : elle était dans la cuisine de mamie Emma et elle mangeait de la choucroute.

Mamie Emma lui a donné un sac de bonbons verts en lui disant :

– Ce n'est pas pour tout de suite. Au fait... je vous souhaite bonne chance, là-bas.

Alors maman a reniflé et s'est mouchée, et elle s'est mise à parler à Hansi. Il tournait dans sa cage sur le réfrigérateur, il avait l'air inquiet.

Dans la rue, tous les voisins nous attendaient pour nous embrasser, et, quand le camion a démarré, ils ont agité la main.

– Fais attention, Tom, m'a crié Moni Piepenbrink, le premier rêve que tu feras dans ta nouvelle maison se réalisera !

En passant devant l'école, nous avons aperçu Stefan et Silvia Bieberich, mais comme il était tard, papa n'a pas voulu s'arrêter. Stefan et Silvia faisaient de grands signes de la main comme des fous, et c'est comme ça qu'on les a vus rapetisser peu à peu.

– Pauvre Hansi ! disait maman en se mouchant. Il avait l'air affolé. On aurait dû l'emmener. Il est tellement habitué à nous, le pauvre !

Elle a demandé à papa si on ne pouvait pas retourner le chercher en vitesse, mais papa a refusé, et même quand maman s'est mise à pleurer, il a continué.

A mon avis, ce n'était pas seulement à cause de Hansi qu'elle pleurait. D'ailleurs elle n'a cessé que juste avant l'entrée de l'autoroute, quand Anya a avalé un bonbon vert. Là, papa a dû s'arrêter : Anya étouffait, elle devenait toute bleue. Alors maman est descendue de voiture et elle a retourné Anya la tête en bas. Cela n'a servi à rien, alors elle l'a secouée comme un prunier. Le bonbon est ressorti en décrivant un bel arc de cercle, et la choucroute est sortie aussi.

Papa a dit :

– On peut dire que ça commence bien !

Et il a remis le contact.

9. *Pourquoi je n'ai pas rêvé la première nuit*

L'immeuble m'a paru gigantesque. Il n'y avait de lumière nulle part, sauf dans deux appartements. De l'autre côté de la rue, les maisons en construction formaient une ombre sinistre. Le vent faisait claquer le plastique dans l'ouverture des fenêtres. Il y avait une grue dressée juste sous la lune.

En allumant la minuterie dans l'entrée, papa nous a dit que l'immeuble était habité depuis plus d'un an. On a vu en effet un tas de sonnettes, de noms sur des plaques et de boîtes aux lettres.

– Ma parole, a remarqué papa, si le Balèze s'appuyait là-dessus, ça ferait un de ces boucans !

Et il s'est mis à crier devant le micro :

– Attention, mesdames et messieurs,

voici les petits sonneurs d'Ennepetal !

Maman l'a rappelé à l'ordre :

— Calme-toi, Kurt ! Il suffit d'appuyer ici. (Et elle a montré une plaque qui ne portait pas de nom.) Bientôt, il y aura notre nom à cet endroit.

Nous avions enfin trouvé la bonne clé et nous attendions l'ascenseur, quand Anya, qui dormait dans les bras de papa, s'est réveillée et s'est mise à hurler :

— Au secours ! Je veux pas aller dans la boîte là !

Ça résonnait dans tout l'immeuble. Alors papa et Biggi ont pris l'ascenseur avec les bagages et maman, Anya et moi, on est monté à pied jusqu'au septième.

Les portes étaient semblables à tous les étages. Mais il y avait une éraflure sur la nôtre. Heureusement, parce que je commençais à me dire qu'il faudrait semer des cailloux comme le petit Poucet pour retrouver le chemin !

Le courant n'avait pas encore été rétabli chez nous. Alors papa et maman ont dû gonfler les matelas pneumatiques à la lueur de la lune. Au troisième matelas, le gonfleur s'est cassé, il a fallu gonfler le reste à la bouche. On a quand même fini par se coucher, sans se déshabiller, sans se laver.

Je venais tout juste de commencer un beau rêve, quand le matelas de maman s'est dégonflé : le bouchon était mal enfoncé. Maman criait, papa gonflait. Moi, j'ai serré bien fort mon chien contre moi pour m'endormir ; mais je n'ai plus rêvé de rien.

10. *Anya et moi faisons la connaissance de la voisine*

Le lendemain matin, Anya m'a réveillé en me secouant. Elle était terriblement énervée et elle m'a dit :
— Tu sais, Tom, il y a l'eau froide et l'eau chaude dans la cuisine et dans la salle de bains et, quand on est dans la cage d'escalier, on peut voir jusqu'en bas.

Alors je me suis dépêché de m'habiller et je l'ai suivie sur le palier. Pendant que je me penchais par-dessus la rampe, Anya allait de porte en porte regarder par la serrure, mais elle était furieuse parce qu'il n'y a qu'une fente pour la clé ici : au quartier Vert, tout le monde avait de gros trous de serrure.

Et puis, comme ça, sans réfléchir, Anya a sonné chez les voisins de gauche.

Sur la porte il y avait leur nom : BAUM.

Une jeune femme en robe de chambre mauve à fleurs jaunes a ouvert.

– Qui êtes-vous donc ? Qu'est-ce que vous venez faire à une heure pareille ?

Anya a pris une inspiration et elle a répondu :

– Je m'appelle Anya Bott, et lui, c'est Thomas Bott. On l'appelle aussi Tom, c'est mon frère.

– Vous êtes les nouveaux voisins ?

J'ai fait oui de la tête et j'ai couru rattraper Anya. Quand elle est dans une nouvelle maison, elle va toujours voir d'abord la chambre à coucher. Mme Baum s'est excusée de n'avoir pas encore fait le lit.

Moi, je lui ai dit :

– Ce n'est pas grave, madame. Quelque-fois maman ne les fait pas de la journée. Comme ça, on peut faire des batailles de polochons et se recoucher plus vite le soir.

Il y avait un petit lit sous la fenêtre. Anya a voulu savoir pour qui il était.

– C'est pour le bébé que nous attendons, a répondu Mme Baum en se caressant le ventre.

Alors j'ai demandé la permission qu'Anya le touche, et elle a mis sa main sur le ventre de Mme Baum.

— Vous comprenez, lui ai-je expliqué, moi, quand j'étais dans le ventre de maman, Biggi a eu le droit de toucher pour me sentir bouger. Et quand c'était Anya qui était dans le ventre de maman, j'ai eu le droit de toucher aussi. Mais pour Anya, il n'y a personne.

Le bébé n'a pas du tout bougé, mais nous avons appris des tas de choses sur Mme Baum : elle dessine des papiers peints et son mari travaille pour une entreprise d'ordinateurs.

— Pour l'instant il est en cure, nous a dit sa femme.

Elle était si gentille qu'on s'est mis à lui parler d'Ennepetal, du café du coin, de Rosi, de Bieberich le Balèze, de Silvia et de Stefan, de M. Drescher et de mamie Emma.

— On dirait que vous aviez de gentils voisins, là-bas. Moi, il y a plus d'un an que je vis ici et c'est tout juste si je connais les nôtres, a constaté Mme Baum.

Tout à coup j'ai eu peur à l'idée que moi aussi, peut-être, au bout d'un an, je ne connaîtrais personne.

11. *Le supermarché ne plaît pas à Anya et les voisins parlent de nos meubles*

Nous avons essayé de rentrer discrètement, mais maman nous attendait et elle m'a grondé :

— Tu es grand, Tom, tu sais bien que je ne veux pas que vous alliez déranger les gens de l'immeuble.

— Voilà, c'est toujours comme ça, c'est Anya qui va sonner et c'est moi qui me fais gronder !

J'attendais que quelqu'un dise : « Ça, c'est bien vrai ! », mais Biggi boudait dans un coin, et papa était en train de vérifier avec une bille que le sol n'était pas horizontal : la bille roulait toujours dans le coin où était Biggi.

Maman nous a envoyés, Anya et moi, chercher du jus de fruits et des petits pains au supermarché qui est en bas de l'immeuble.

Ici, les petits pains se trouvent à côté de la confiserie. Alors Anya a chipé au passage un rouleau de bonbons acidulés qu'elle a mis dans sa poche, et, quand je le lui ai enlevé, elle s'est mise à hurler. En voyant cela, un vieux monsieur a dit :

— C'est honteux ! On met les bonbons à la hauteur des enfants et après on s'étonne qu'ils volent !

— Mais je ne vole pas, s'est écriée Anya. C'est Rosi, celle du café du coin, qui vole !

Alors un vendeur qui avait des lunettes et presque pas de cheveux a demandé si cette Rosi habitait les immeubles et à quoi elle ressemblait. Anya la lui a très bien décrite et elle a dit qu'elle habitait le quartier Vert à Ennepetal.

Ensuite le vendeur a demandé :

— Et elle est venue vous voir ici ?

Mais moi, je lui ai dit :

— N'importe quoi ! Elle vit à Ennepetal et elle fauche à Ennepetal.

Et puis j'ai emmené Anya : qu'est-ce que ça pouvait bien lui faire, à ce vendeur de Berlin, de connaître la Rosi d'Ennepetal ?

A la caisse, Anya a réclamé un bonbon.

Mais je lui ai dit de se tenir tranquille :
— On ne mendie pas ici !
— A Ennepetal, il y avait même des chewing-gums gratuits au self-service de la grand-rue !

Heureusement la caissière n'a pas entendu, elle n'a pas remarqué non plus qu'Anya pleurait en sortant :
— Je n'ai rien à me mettre dans la bouche !

Depuis, Anya veut aller faire les courses chez mamie Emma. Elle croit qu'on peut y aller à pied !

Dehors, devant la maison, il y avait le gros camion de déménagement et des tas de gens qui regardaient les déménageurs décharger nos meubles.

Une dame a éclaté de rire en voyant notre vieille armoire :
— Qu'est-ce que c'est que ce monstre ? Il tombe en ruine !

Mais moi, je lui ai répondu que ce n'était pas un monstre, que c'était même la belle armoire du salon de mamie Emma. Et puis j'ai été dire à maman ce que les gens pensaient de la vieille armoire de mamie Emma. Maman était sur le palier, elle avait l'air de régler la circulation : chaque fois qu'un déménageur arrivait avec un meuble, elle étendait le bras vers la droite ou vers la gauche.

Elle était très énervée et elle m'a dit :
— Ce n'est pas la peine de vous tracasser pour ça : nous ne tarderons pas à changer de meubles.

Et elle a recommencé à parler de la prime d'installation et des prêts d'aménagement qu'on obtient à Berlin.
— Je l'ai su par des gens qui sont venus s'installer il y a quatre ans : on leur a prêté dix mille marks et ils ont remboursé par petites mensualités.

Pendant ce temps-là, perché sur une échelle, papa essayait de planter un clou.
— Des meubles neufs, et pour quoi faire ? Les nôtres ne sont pas si mal !

12. *Pourquoi j'ai pris la résolution de ne pas jouer au ballon derrière la maison*

L'après-midi, l'appartement était déjà drôlement beau ! En fermant un peu les yeux, j'avais l'impression d'être à Ennepetal. Du balcon on avait une vue dégagée, bien plus qu'au quartier Vert.
— Le Mur de Berlin est tout à côté, a dit papa.

Maman a eu un mouvement de recul : elle a souvent le vertige. Elle a dit :
— Je l'ignorais.

Moi, je me suis penché pour regarder, mais maman m'a crié :
— Arrête, Tom, ça me donne mal au cœur !

Ça m'a fait rire. J'ai craché en vitesse dans le vide, et comme il n'y avait pas de vent, j'ai pu suivre mon crachat des yeux très loin.

— Je ne savais pas qu'on pouvait construire aussi près du Mur, a dit maman.

Nous sommes sortis par la cave et la porte de derrière. Une pelouse de cinquante pas environ nous séparait du Mur. Près de l'escalier de la cave, il y avait un arbre, et dans l'arbre, il y avait un écureuil.

De l'autre côté du Mur, dans un mirador, un soldat nous observait avec des jumelles. On le voyait bien sur le ciel clair.

Alors j'ai demandé :
— Qu'est-ce qui se passerait si j'envoyais mon ballon de l'autre côté ?

Et papa m'a répondu :
— Il faudrait prendre le bus et le métro pour aller à un poste-frontière ; et puis il faudrait que tu sois accompagné d'un adulte et que tu aies une autorisation d'entrée ; mais je crois que tu ne pourrais quand même pas le récupérer.

Maman a fait mine d'avoir froid, Biggi a esquissé une moue et sur le Mur un oiseau a chanté.

C'est à ce moment-là que j'ai pris la

décision de ne pas jouer au ballon derrière la maison.

Tout à coup Anya a piqué une colère et a déclaré à Biggi :

— Les oiseaux et les écureuils, eux, n'ont pas besoin d'autorisation, ils ont le droit d'aller de l'autre côté !

Maman s'est mise à chanter à tue-tête :

— Ça, c'est l'air de Berlin !

Puis, en nous promenant, nous sommes passés devant l'école. Elle a des murs gris, et le tour des fenêtres est rouge.

Biggi nous a dit :

— Venez, on s'en va. Heureusement, ici, les vacances ne sont pas finies !

Dans notre rue il y a une droguerie, une pharmacie, une agence de la Caisse d'Épargne, un salon de coiffure, un marchand de journaux, une boutique de fleurs, le supermarché, un club de jeunes et une discothèque, et aussi un petit bois sur un chemin qui longe le Mur.

Sous un arbre, papa a trouvé une boule de duvet et il nous a dit :

— Ça, c'est du duvet de chouette !

Effectivement, dans l'arbre il y avait

une chouette qui nous fixait de ses yeux ronds. Je n'avais jamais vu ça à Ennepetal !

Une surprise nous attendait à notre retour : le buffet de la salle à manger était tout de travers parce qu'il avait les pieds cassés d'un côté. On avait dû le cogner au cours du déménagement. Du coup, la vaisselle avait glissé et elle s'était brisée. Alors maman s'est mise à pleurer, assise par terre devant le buffet, en tenant la seule assiette qui avait échappé au massacre.

Pour essayer de la consoler, papa lui a dit :
— Tu sais, la vaisselle cassée, ça porte bonheur !

Et comme ça ne suffisait pas, il lui a promis qu'on irait dès le lendemain tous ensemble au centre ville, là où se trouvent les grands magasins.

Le lendemain, non seulement nous avons acheté de la vaisselle, mais nous avons aussi commandé des meubles pour le séjour.

13. *Biggi veut rentrer à Ennepetal*

Les éléments pour le séjour sont arrivés deux semaines après, le canapé et les fauteuils un peu plus tard. Maman a donné nos meubles à une boutique-garderie du vieux quartier de Lichtenrade. Elle avait vu une annonce dans le journal : « Débarras de vieux meubles ».

Le nouveau canapé est moins bien que l'ancien : on a sauté dessus pour voir s'il était confortable et un de ses pieds-boules s'est cassé !

Évidemment, maman nous a grondés :
– Ce n'est pas possible ! On n'a même pas fini de payer les meubles et vous les abîmez déjà !
– Nous, on préfère les autres ! a dit Anya.
Mais maman lui a répondu :

— Nous nous sommes déjà assez ridiculisés aux yeux des voisins.

— Quels voisins ? a dit Biggi. Ici, ce n'est pas comme là-bas, il n'y a pas de voisins, il n'y a que des gens qui entrent en même temps que vous dans l'ascenseur et qui en sortent sans vous avoir adressé la parole ! Je veux rentrer à Ennepetal !

— Vous pouvez vous mettre sur la tête si ça vous chante, nous ne bougerons pas d'ici, compris ?

Alors j'ai dit :

— Puisque c'est comme ça, je vais mettre des boules puantes dans les boîtes aux lettres : au moins, les voisins sauront qu'on est là !

Biggi a voulu m'aider, mais ça n'a pas marché : à Ennepetal, il y avait une fente dans toutes les portes pour le courrier, mais ici les boîtes sont groupées en bas, à l'entrée de l'immeuble, derrière la porte.

14. *Berlin,*
ce n'est pas comme on croit

Maman voulait qu'on se plaise à Berlin, alors elle nous a fait faire du tourisme toute la première semaine. On est allé à l'église du Souvenir, à la porte de Brandebourg, à la patinoire d'Europa-center, à la tour de la télévision et au zoo.

J'étais en train de dire que maman pouvait toujours courir pour qu'on aille voir la tour de la forêt de Grunewald et l'île des Paons, quand papa est rentré. Il avait l'air fatigué et contrarié.

– Tu tombes bien, Kurt, s'est écriée maman. Les enfants ont trouvé qu'il y avait trop de vent sur la tour T.V. Au zoo,

ils ont passé leur temps à grogner, et maintenant ils refusent d'aller dans la forêt de Grunewald.

Papa nous a dit :

— Vous avez de la chance que le directeur du zoo ne vous ait pas entendu grogner, sinon il vous aurait fait capturer : j'ai lu dans le journal que le zoo de Berlin recherchait des cochons d'Ennepetal !

Anya et moi, on s'est mis à grogner comme des cochons, et Biggi nous a déclaré :

— Vous me feriez rire si je n'avais pas des ampoules aux pieds !

— Tu entends ça, Kurt ? a dit maman. Les enfants sont d'une insolence ! C'est effrayant comme ils ont changé !

— Ce n'est pas nous qui avons changé, c'est la maison ! a répliqué Biggi.

— Ils passent leur temps à se disputer et à me faire des reproches. Tu sais, Kurt, moi, je vais devenir folle si je reste toute la journée ici avec eux !

Le lendemain, au courrier, il y avait une carte de Silvia Bieberich adressée à M. Tom Bott. Elle disait :

mon cher Tom,

qu'est-ce que, dis donc, tu deviens, à Berlin ?

Parce que, dis donc, tu t'en vas comme ça et tu reviens plus.

Est-ce que tu bouffes toujours autant de petits pains ? T'as pas encore éclaté ? De toutes façons on s'en fiche...!!!

Tu vas quand même bien là-bas ?

Ici on a vu un film sur Berlin. moi aussi je voudrais bien prendre le métro un de ses jours. Et puis on a vu une danseuse qui dansait sur le beau parquet au château de Charlottenburg et aussi un garçon qui faisait du cheval sur un éléfant au zoo.

J'ai pensé à toi. Les autres t'embrassent de tout ♡ Même Bickel

La Silvia Biebrich

Ça m'a mis de mauvaise humeur. Alors j'ai arraché une page dans mon cahier de maths et j'ai écrit :

Ma chère Silvia,

Berlin, ce n'est pas comme tu crois. D'abord ici, on ne dit pas des petits pains, on dit des boulettes.

Et puis dans le métrof il ~~fot~~ faut faire attention parce que les portes se ferment toutes seules. Quand le type dit au microf : "en arrière, s'il vous plaît", il ~~fot~~ faut rester en arrière, sinon on est écrabouillé.

Et puis aussi au zoo, les éléphants ne sont pas en liberté et à Charlottenburg on n'a pas le droit ~~de~~ marcher sur les parquets si on n'a pas mis des chaussons en feutre. Alors arrêtez de dire des aneries !!!

Ton Tom

15. *Maman veut travailler*

Le lendemain, on n'est pas allé faire du tourisme, on a regardé des catalogues de vente de mobilier par correspondance. Maman nous a dit de choisir des meubles pour notre chambre, et elle a essayé de voir comment on pouvait les mettre et de calculer combien ça coûterait.

En rentrant du travail, papa s'est laissé tomber dans un fauteuil en disant :
— Tu sais ce qui m'est arrivé, Gertrude, aujourd'hui ? Je...

Mais maman ne l'a pas laissé continuer : elle lui a fourré le catalogue entre les mains et elle lui a déclaré :
— Tu ne trouves pas que ces meubles plastifiés seraient plus pratiques que du pin pour les enfants ?

— Quoi ? tu veux acheter des meubles pour les enfants ? Il n'en est pas question !

Maman a essayé de lui démontrer que ce n'était pas juste que les parents aient des meubles neufs et pas les enfants, et puis elle a ajouté :

— D'ailleurs je le leur ai promis. Et puis mamie Emma n'en reviendra pas quand on la recevra ici !

Papa lui a dit qu'il n'avait aucune envie de prendre encore un crédit juste pour épater mamie Emma.

— Et pour trouver l'argent, tu veux peut-être attaquer une banque ?

— J'ai une bien meilleure idée, a répondu maman, et c'est bien moins dangereux. Mais, chut ! c'est un secret.

Moi, j'ai demandé à papa ce qui lui était arrivé au travail.

— Oh, rien..., m'a-t-il dit en soupirant ; et il m'a fait une caresse sur la tête.

A ce moment, maman a finalement révélé son secret : elle voulait travailler à mi-temps.

— Pas question, lui a dit papa. On a besoin de toi à la maison.

Alors Biggi a dit :

— Ne t'inquiète pas, papa. Qui voudra embaucher une dactylo qui n'a pas tapé à la machine depuis douze ans ? Maman a perdu la main, je sais sûrement mieux taper qu'elle.

Mais papa lui a expliqué que maman ne se contentait pas de taper à la machine, qu'elle était aussi employée de bureau spécialisée :
— Si elle ne s'était pas mariée, si elle n'avait pas eu d'enfants, elle aurait sûrement fait une belle carrière, ne l'oublie pas, Biggi !

Ensuite papa a demandé à maman ce que devenait le prêt de dix mille marks.

Maman lui a donné des prospectus de la banque en disant :
— Ça a changé maintenant : ça s'appelle « prêt pour création de résidence » et ça ne s'élève plus qu'à cinq mille marks par couple. Tu vois qu'il faut me laisser travailler. Je t'en prie, Kurt ! Le travail que je fais à la maison, ça ne rapporte rien et personne ne m'en est reconnaissant. Essaie de te rappeler depuis quand tu ne m'as pas apporté de fleurs.

Papa a essayé, mais en vain ; il a seulement dit :

— Et moi, est-ce que quelqu'un m'offre des fleurs pour me remercier de travailler ?

— Je voudrais voir des gens, a repris maman, tâche de comprendre, Kurt.

Mais papa faisait toujours non de la tête.

Alors Anya lui a dit :

— Écoute, papa, laisse travailler maman, sinon elle va étouffer, elle l'a dit.

Et elle regardait maman d'un air inquiet.

Papa l'a prise dans ses bras en riant :

— Ne t'inquiète pas, ma chérie, c'est juste une façon de parler.

Anya a secoué la tête :

— Mais non, papa, si elle le dit, c'est qu'elle le croit vraiment !

16. *Les roses rouges*

Il avait plu dans l'après-midi, mais Anya a voulu absolument cueillir des fleurs pour maman sur la pelouse devant l'immeuble. Aussitôt, un vieil homme s'est avancé vers elle, l'air menaçant, et lui a dit qu'il était interdit de marcher sur la pelouse.

Anya l'a examiné et lui a demandé pourquoi il n'avait qu'un bras.

— Ça te regarde ?, lui a répondu le type.

Alors Anya lui a demandé s'il aimait les fleurs :

— Celles-là, c'est pour ma maman.

— Qu'est-ce que ça peut te faire que j'aime les fleurs ou pas ? Sors de là tout de suite ou gare à toi !

Anya est sortie de la pelouse sans se

presser. Le type lui a montré sa manche vide en disant :

— Allez, plus vite que ça, p'tite ! Si tu ne te dépêches pas, je vais t'en donner des jambes pour courir, moi. Allez, plus vite que ça, sinon j'appuie sur mon bouton secret et t'auras plus qu'un bras, toi aussi !

Anya s'est mise à hurler :

— Tom, il veut me mettre des jambes et me déboutonner un bras !

Et elle s'est précipitée dans l'immeuble en jetant des coups d'œil affolés autour d'elle. Dans l'ascenseur, elle s'est bien tâtée pour voir si elle avait encore ses deux bras et elle n'a jamais voulu croire que les boutons secrets, ça n'existe pas.

En arrivant, elle a donné les fleurs à maman qui les a posées sur le réfrigérateur, et moi, j'ai tout raconté : l'homme à la manche et la pelouse interdite.

Papa trouve que la pelouse de l'immeuble devrait être faite pour le jeu. Mais maman n'aime pas les pelouses défoncées, elle préfère une pelouse bien entretenue. Elle a expliqué à papa qu'il y avait une aire de jeux tout près pour les petits, avec un toboggan et un bac à sable.

— Et pour les grands, il y a une cage à côté du parking : comme ça, ils peuvent jouer au foot sans risquer d'envoyer le ballon dans la rue.

Pendant que papa et maman se disputaient pour savoir ce qui était le mieux, le champ de Petersen à Ennepetal ou la cage à foot à Berlin, Anya pleurait.

— Tu vois, Tom, maman n'aime pas les fleurs qu'on cueille, elle préfère celles qu'on achète.

Alors j'ai sacrifié mon cochon-tirelire et je suis allé chez le fleuriste avec Anya. On a acheté des roses rouges et on les a fait livrer à l'adresse suivante : « Mme Gertrude Bott, 7, 134e rue. »

— Et c'est de la part de qui ? a demandé la vendeuse, parce que, tu comprends, il faut quand même que j'indique qui envoie ce joli bouquet.

— Pas la peine, ai-je répondu. Dites seulement : c'est pour Mme Bott. Rien de plus.

Le bouquet a été livré presque tout de suite. C'est papa qui a ouvert la porte. On a juste entendu : « Pour Mme Gertrude Bott. » Rien de plus.

— Que c'est gentil de ta part, Kurt ! s'est écriée maman. (Et elle a sauté au cou de papa, puis elle nous a montré le bouquet.) Vous avez vu, les enfants ? Vous ne les trouvez pas merveilleuses ?

Mais papa lui a demandé :

— Qui t'cnvoie ces fleurs ?

Il avait une drôle de voix.

Maman l'a embrassé en disant :

— Cesse de plaisanter, Kurt ! Je sais bien que c'est toi ! Je ne connais personne ici qui soit susceptible de m'envoyer des fleurs. Avoue que c'est toi !

Mais papa lui a arraché le bouquet des mains et a répété d'un air sombre :

— Pour la dernière fois, qui t'envoie des roses rouges ?

Et tout à coup on a entendu Anya :
— Ça coûte cinq marks quatre-vingts, y
avait que ça dans le cochon de Tom !

Alors tout le monde m'a regardé, et
Biggi a éclaté de rire :
— Ma parole, qu'il est bête, ce Tom ! Il
casse son cochon pour offrir des fleurs à
maman !

Maman m'a pris dans ses bras, et papa
a mis les roses dans un vase en me
disant :
— Je me sens un peu idiot, mon garçon.
Tu veux bien que nous partagions les
frais de la blague ?

Il a dit la « blague » ! Comme si c'était
une blague !

Et puis maman s'est jetée sur papa, les
poings serrés, comme pour le boxer, en
lui criant :
— Attends un peu ! Je vais t'apprendre,
moi, à être jaloux !

Papa a fait semblant d'avoir une peur
terrible. Il s'est mis à courir autour de la
table de salle à manger en criant :
— Au secours ! Ma femme veut me tuer !

Anya et moi, on a voulu aider maman :
au moment où papa riait tellement qu'il

ne pouvait presque plus avancer, on l'a fait trébucher sur un jouet et on l'a compté out : 1, 2, 3, 4, 5, 6, 7, 8, 9.

Biggi ne riait pas du tout. Elle disait que nous étions de vrais enfants.

En posant le pied sur le ventre de papa, maman a déclaré :

— Tu es battu, Kurt ! Tu n'as plus droit à la parole. Si je trouve un poste à mi-temps, je le prends. Je suis quand même capable d'effectuer quatre heures de travail de bureau le matin !

— Très bien, mais à tes risques et périls ! a dit papa pendant que nous l'aidions à se relever.

Et aussitôt, il nous a dit à l'oreille de ne pas nous inquiéter :
— Vous verrez, elle aura trop à faire, ça ne durera pas. On parie ?

17. *La malle aux trésors*

Papa a voulu ranger le jouet qui avait failli le faire tomber, dans notre malle aux trésors. C'est un coffre qui vient de chez mamie Emma, et tout le monde se demande comment il peut contenir autant de jouets.

— Maman l'a donné à la boutique-garderie, a dit Biggi.

Alors là, papa s'est mis en colère :

— Comment ? Un meuble si pratique ! Et tu ne m'en as même pas parlé ! Puisque c'est comme ça, accompagne-moi, on va le rechercher.

Maman n'y tenait pas, mais elle a bien été obligée de le suivre. En chemin, elle nous a raconté ce qu'elle savait sur les boutiques-garderies de Berlin :

— Les enfants ont le droit de faire ce

qu'ils veulent, même mettre du chocolat sur les murs, sur les tables ou sur eux. Il paraît même qu'un jour la femme du président de la République a été bombardée avec des œufs pourris !

La boutique-garderie se trouve dans un immeuble ancien. Au-dessus de la porte, il y a écrit : TAILLEUR SUR MESURE. C'était un atelier de couture, autrefois. Maintenant, les enfants se servent des tables pour bricoler, et dans les rayonnages à tissu on a mis les jouets. Ils sont peints en rouge et bleu. Notre vieux buffet est rouge avec des fleurs bleues, à présent.

Papa s'est renseigné où l'on pouvait acheter la même peinture et s'il était possible de récupérer notre malle.

– Bien sûr ! lui a répondu la jeune femme qui était là. Nous étions d'ailleurs surpris que vous vous en soyez débarrassés : c'est du beau travail artisanal !

Anya regardait partout. Finalement elle a demandé où étaient cachés la peinture et le chocolat à peindre, et si on pouvait lui donner des œufs pourris pour les jeter sur quelqu'un.

Maman est devenue toute rouge, elle

lui a fait signe de se taire, mais papa s'est mis à rire. La dame a dit qu'il y avait des préjugés contre les boutiques-garderies.

Un petit garçon aux cheveux longs et bouclés, qui s'appelait Sebastian, a donné un marteau à Anya en lui disant :
— Tiens, si tu veux, tu peux planter des clous dans la poutre, là.

Mais Anya lui a répondu :
— Tu ne peux pas me dire plutôt où sont la peinture et le chocolat, et les œufs pourris ?

Sebastian ne savait pas où étaient les œufs pourris, mais il a apporté à Anya de la peinture à doigts et de vieux rouleaux de papier peint :
— Voilà, tu peux peindre là-dessus. Mais du chocolat au lait, on n'en a pas : on ne boit que du jus de fruits, ici.

Anya était plutôt déçue !

Pendant ce temps-là, la dame expliquait à maman qu'il n'y avait pas assez de places dans les écoles maternelles de Berlin :
— Les habitants de la région sont pratiquement obligés d'inscrire les enfants dès leur naissance ! C'est pourquoi un certain nombre de parents se sont asso-

97

ciés, ils nous ont installés dans ces anciennes boutiques et ils nous ont fait de la publicité. On a eu de plus en plus de succès. Nous avons régulièrement des réunions avec les parents pour parler des enfants et de leurs problèmes.

A ce moment-là, Anya est arrivée en traînant Sebastian et elle nous a dit :
— Vous avez vu ? J'ai une nouvelle amie. C'est un garçon !

Tout le monde a éclaté de rire !

Puis papa a chargé la malle sur son dos et il a dit en partant :
— Avec tous les voyages qu'elle a faits ces derniers temps, ce n'est plus une malle aux trésors, c'est plutôt la malle des Indes !

18. *La colorite aiguë*

On est allé acheter la peinture rue de la Gare. Biggi a choisi du vert pâle pour les murs de sa chambre et du vert vif pour ses meubles. Mais je n'ai pas réussi à me mettre d'accord avec Anya sur la couleur de notre chambre : pour les meubles, elle voulait du rouge et moi du bleu. Finalement, on a pris les deux !

Maintenant notre chambre est rouge et bleue, comme la boutique-garderie. Et l'armoire de Biggi est verte avec des fleurs rouges. « A faire pâlir d'envie le Balèze ! » nous a dit papa.

Avec les restes de peinture, on a peint la boîte à ouvrages de maman en bleu, le porte-parapluies en vert et la lunette des waters en rouge.

Nous aurions sûrement trouvé d'autres objets à peindre, si maman ne nous avait pas supprimé nos pots. Elle a dit que nous étions atteints de colorite aiguë. Anya a demandé si c'était la maladie que Bieberich avait attrapée à force de travailler dans la peinture. Elle se grattait et elle regardait si elle n'avait pas de boutons.

Maman l'a rassurée :

— Tu sais, ma chérie, on dit ça quand on voit des gens s'amuser à tout colorier au point de ne plus pouvoir s'arrêter. Mais c'est pour rire, tu comprends ?

Anya a fait oui et elle a recommencé à se gratter.

19. *On se moque de moi le jour de la rentrée*

Le jour de la rentrée, maman a emmené Anya à la boutique-garderie, comme ça il a fallu qu'on aille seuls en classe, Biggi et moi.

— Vous êtes grands à présent, nous a-t-elle affirmé. Dites au secrétariat que je passerai bientôt.

J'allais mettre mon chien de chiffon dans mon cartable, lorsque maman s'en est aperçue et m'a dit :

— Tu veux vraiment que tes camarades se moquent de toi ?

Je n'ai pas emporté mon chien, et on s'est quand même moqué de moi.

On a fait des problèmes de calcul mental : dans le premier, il s'agissait d'un cycliste qui parcourait différentes routes, et dans le second il y avait un fromage de cinq kilos à partager. C'est moi qui ai inscrit les résultats au tableau : en maths, je ne crains personne ; et puis j'ai ajouté :

— L'histoire du cycliste, c'est valable si la première partie du parcours ne l'a pas trop fatigué ; sinon ça serait idiot : il irait de moins en moins vite après ; et en plus, il faudrait qu'il n'y ait pas de montagnes comme chez nous, à Ennepetal. On ne peut résoudre le problème que s'il est en terrain plat, comme ici, à Berlin.

Ils ont tous éclaté de rire et ils se sont moqués de mon accent.

Un garçon qui s'appelle Charlie — en réalité, son nom, c'est Charles-Henri — m'a demandé si j'étais de la famille de Tegtmeier, celui de la télé.

Mais une fille qui avait un appareil aux dents m'a fait passer un petit papier où elle avait écrit : *Cher Nouveau ! T'en fais pas. Moi aussi, ils se moquent de moi, à cause de mon appareil. Tina.* Je l'ai encore, son papier.

Tina a les yeux bleus et de beaux cheveux blonds. Elle zozote : c'est à cause de son appareil. Mais quand

même, elle l'enlève pour manger. A part ça, elle est drôlement gentille.

Mario aussi, d'ailleurs. Il a les yeux marron foncé et les cheveux bruns, il est italien. Il parle bien allemand et il m'a prêté son effaceur.

Mme Urbain, notre maîtresse, a les cheveux gris, les yeux verts et des fossettes quand elle rit, mais elle ne rit pas souvent.

Pendant l'heure de travaux manuels, Mario, Tina et moi, on a construit une voiture en carton et la maîtresse nous a félicités. Mais Charlie a fait exprès de

démolir notre travail. La maîtresse l'a
vu, elle l'a inscrit dans le grand cahier. Il
était furieux ; alors pendant la récréa-
tion, il a écrit au tableau :

DEHORS, SPAGHETTI, BEC-DE-LIÈVRE
ET LE NOUVEAU : VOUS PUEZ !

Alors, moi, je lui ai dit :

— Dis donc, qu'est-ce que c'est que cette
cochonnerie ?

Il m'a répondu :

— C'est pas compliqué : les « Spaghetti », ça pue toujours ; alors quand on
est leur voisin, on pue aussi.

— Mais il ne pue pas, Mario ! Et réfléchis
un peu : s'il n'y avait pas de travail ici et
que ton père doive aller travailler en
Italie, tu serais content qu'on t'appelle
« Choucroute » ?

Il n'a pas su quoi dire. Ça l'a seulement
fait rire, les autres aussi.

20. *Biggi*
vient à mon secours

J'ai raconté à Biggi les méchancetés de Charlie.

Elle était en train d'écouter des disques d'Elvis Presley. Avant, elle était folle du groupe Sweet, mais à présent, elle n'aime plus qu'Elvis.

Il a fallu que je hurle pour qu'elle m'entende :

— Avec toi, il faut vraiment crever pour que tu daignes écouter !

Alors elle a arrêté le tourne-disque et on a réfléchi ensemble à ce que je pouvais faire.

Elle a quelquefois de bonnes idées, la preuve :

Je suis allé avec Anya au supermarché pour acheter un fromage bien fait. Le lendemain, je l'ai caché dans la case de

Charlie. Ça sentait le fromage dans toute la classe, mais autour du bureau de Charlie, c'était horrible ! Lui, il reniflait partout, il a discrètement regardé s'il n'avait pas marché dans une crotte de chien.

Il a fini par trouver le fromage, juste avant la sonnerie. Toute la classe a éclaté de rire. Il a hurlé :

– C'est le Nouveau !

Et il a couru vers la maîtresse lui montrer la pièce à conviction : il lui a mis le fromage sous le nez.

Mais la maîtresse m'a dit avec un clin d'œil :

– L'as-tu tâté, au moins, pour voir s'il était bien fait ?

Elle est formidable, la maîtresse. Je me suis promis à ce moment-là d'écrire à Silvia Bieberich pour lui dire que j'ai une maîtresse très gentille et que Charlie est un sale type. Mais à l'heure suivante, Mme Urbain m'a grondé parce que je rêvais au lieu d'écouter, et Charlie a demandé si nous voulions bien de lui dans notre groupe de travaux manuels. Et il nous a fait d'autres roues pour la voiture en carton.

21. *Biggi et les pilules roses*

Biggi avait eu une bonne idée avec le fromage. Pour elle, malheureusement elle n'a rien trouvé. Au bout d'une semaine de classe elle s'est couchée, parce qu'elle avait tout le temps mal au ventre.

A Ennepetal, il n'y a que quatre ans d'école primaire, alors Biggi était déjà au collège. Mais ici, il y en a six, alors il a fallu qu'elle retourne à l'école primaire.

Maman nous a dit qu'on est obligé d'aller en classe quand on n'est pas malade, et que la police viendrait chercher Biggi si elle n'y allait pas d'elle-même. Mais elle n'a rien voulu entendre.

En classe, elle a un voisin qui s'appelle Bernard Bosselinsky (tout le monde l'apelle Bobosse). Il a quatorze ans, il a redoublé deux fois.

Biggi croyait qu'on pouvait parler sérieusement avec lui comme avec Stefan Bieberich. Mais il n'y a pas eu moyen, parce que Bobosse n'aime pas les filles, surtout celles qui « ont une drôle de façon de parler », comme il dit. Un jour où il était derrière Biggi, il lui a flanqué un coup de pied dans les fesses en lui disant : « Pousse-toi de là ! »

Évidemment, ça a fait rire les autres, mais Biggi, elle, a décidé de rentrer à la maison. C'est le concierge de l'école qui l'a ramenée.

Depuis ce jour, Biggi a mal au ventre : elle a peur de Bobosse et des moqueries des autres. Elle a même écrit quelque chose dans son journal intime. A chaque page, elle a mis la date, et ensuite :

L'école, c'est une prison.
Je ne veux pas aller en prison tous les jours.

Maman a trouvé le journal et elle l'a lu. Alors elle a emmené Biggi chez le docteur. Il a dit que les adolescents supportaient mal de déménager, parce qu'ils étaient en pleine croissance, et il a prescrit des petites pilules roses contre l'angoisse.

Moi, j'étais drôlement curieux de savoir si les pilules roses donnent vraiment du courage, comme ça j'aurais pu essayer aussi. Parce que Charlie s'est procuré une fronde, et il vise tout le monde. Peut-être qu'en avalant quelques pilules, j'aurais pu la lui prendre.

En fait, Biggi n'a pas pris ses pilules parce que, du jour au lendemain, elle n'en a plus eu besoin. Bobosse a sonné chez nous pour demander si Biggi voulait venir jouer au ping-pong avec lui au club des jeunes.

Alors elle est retournée en classe tout simplement, et Bobosse lui apprend le ping-pong.

Maman ignore tout de Bobosse, elle ne jure que par les pilules roses. Si elle savait ! Biggi les jette aux waters. Mais trois fois par jour, conformément à l'ordonnance.

22. *Bobosse est super*

Biggi m'a interdit de parler à maman de Bobosse :
— Tu comprends, Tom, pour maman, Bobosse, c'est un peu comme ton chien de chiffon. Tout ce qu'elle verrait, c'est qu'il a les cheveux gras et qu'il est mal habillé. Mais moi, j'ai besoin de lui. Je suis contente quand il est là.

C'est vrai qu'il est super, Bobosse : il est toujours là quand on a besoin de lui.

L'autre jour, par exemple, il y a deux garçons de la classe de Biggi qui ont voulu l'embrasser. Mais elle, elle n'aime pas ça. Ils jouaient à chat-bisou : chaque fois qu'une fille était touchée, elle devait se laisser embrasser. Ils ont dû se mettre à deux pour maintenir Biggi. Ils lui disaient :

– T'énerve pas comme ça, c'est pour rire.

Mais moi, je la connais, je sais qu'elle n'aime pas ça, alors je suis allé chercher Bobosse parce que c'est le plus fort de leur classe. Et comme ça, il a délivré Biggi.

23. *Mario aimerait être grand-père*

Dans ma classe à moi, le plus fort, c'est Charlie. C'est un meneur. Quand il dit : « Allez, cachez les craies ! », on cache les craies. Quand il dit : « Bouche cousue, aujourd'hui ! », on n'ouvre pas la bouche pour répondre à la maîtresse.

Le mercredi, on a catéchisme. Mme Urbain nous a raconté l'histoire d'Abel et de Caïn. C'était passionnant, on aurait dit un roman policier !

Tout à coup, Charlie s'est jeté sur moi en hurlant :

— Toi, je vais te tuer ! et il m'a bourré de coups de poing.

Pendant ce temps-là, les autres applaudissaient et l'encourageaient.

La maîtresse s'est mise en colère, elle nous a crié de cesser de nous battre. Elle a fini par me libérer juste avant la cloche.

Mais elle a ramassé ses livres et elle a dit :

— Je ne resterai pas un minute de plus dans cette classe ! Mario et toi, le nouveau, ouvrez la porte et allez porter mes livres en salle des professeurs.

Alors Charlie a hurlé :

— Je vous l'interdis ! mais on a fait semblant de ne pas entendre.

Mario m'a dit :

— Elle a les larmes aux yeux, la maîtresse. Il faut l'aider.

Quand on a voulu rentrer dans la classe, Charlie tenait la porte et il nous criait qu'on était des traîtres. Alors on a tiré tant qu'on a pu, Mario et moi, et finalement la poignée nous est restée dans les mains.

Juste à ce moment-là, M. Brack, le professeur de gymnastique, est passé. Il a dit qu'on dégradait le matériel, que ce n'était pas du tout un exploit. Alors Mario m'a mis la poignée dans la main et il s'est enfui à toutes jambes. Il m'a fallu un bon moment pour le retrouver.

Il était allongé dehors sur un banc,

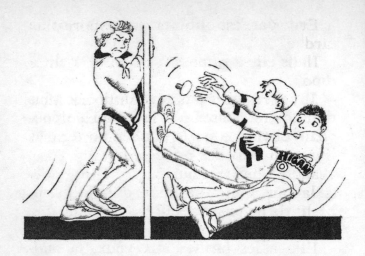

dans le jardin public en face de l'école, et il regardait le ciel.

Je lui ai dit :

– Qu'est-ce que tu leur trouves, aux nuages ?

Pas de réponse.

Il est resté un long moment sans rien dire. Et puis il s'est mis à me parler de sa mère :

– Elle fait bien la pizza, tu sais ! Elle travaille à l'usine : elle monte des rasoirs électriques. Mon père, lui, il fait le goudron. De temps en temps, c'est lui qui passe le rouleau.

Alors je lui ai demandé :

114

— Et toi, qu'est-ce que tu veux faire plus tard ?

Il a bien réfléchi, et puis il m'a répondu :

— Moi, je voudrais être grand-père. Mon grand-père, comme il est vieux, il n'a plus besoin de travailler. Comme ça, il peut rester tout le temps en Italie. C'est beau, l'Italie, tu sais. Lui, il habite près de la mer. Il parle très vite, quelquefois je ne le comprends pas. Mais en fait, il a tout son temps.

J'allais lui parler d'Ennepetal à mon tour, mais M. Back est arrivé. Il nous a dit :

— Désolé de vous avoir grondés tout à l'heure. Les autres m'ont dit depuis que c'était Charlic qui vous empêchait d'entrer en tenant la porte. Donnez-moi la poignée : peut-être que le concierge pourra la réparer.

Il ne l'a pas réparée. Il a dit que c'était à Charlie d'en acheter une. Charlie, ça l'a fait pleurer.

24. *L'opération Charlie*

— Il y a un *t* ou deux *s* à opération ?

C'est Tina qui demandait ça à la classe. Moi, j'étais pour le *t*, mais la majorité était pour les deux *s*. Alors Tina a inscrit en grosses lettres rouges sur un carton à chaussures : OPÉRASSION CHARLIE.

On a fait circuler la boîte sous les tables pendant le cours. Quand la maîtresse s'en est aperçue, elle nous a dit :

— Opération s'écrit avec un *t*, pas avec deux *s*, mes enfants.

— C'est pas grave, a répondu Tina. Le principal, c'est d'en faire une. Il faut aider Charlie à rembourser la poignée. On a déjà quatre-vingt-dix-huit pfenings *.

* Pfening : centième partie du mark.

116

Mme Urbain a dit qu'elle essaierait d'obtenir de l'intendant que l'école prenne en charge l'achat d'une autre poignée.

Tina a quand même voulu donner les quatre-vingt-dix-huit pfenings à Charlie, mais en tapant le fond du carton, il a fait tomber l'argent. Il n'a même pas essayé de le ramasser.

Ensuite Mme Urbain nous a distribué les convocations pour la réunion de parents d'élèves. En même temps, elle a dit à Charlie :

— Tu diras à ta maman que je voudrais la voir.

Mais Charlie a roulé le papier en boule.

25. *Charlie m'en veut*

Comme j'étais dans une nouvelle école, maman a voulu m'emmener à la première réunion. Mais le délégué des parents lui a dit :

— Madame, ici ce n'est pas la coutume que les enfants participent à la réunion.

Maman était très étonnée.

— C'est pourtant bien d'eux qu'il s'agit. Là où nous habitions auparavant, les enfants étaient présents. C'était à Ennepetal.

— Nous ne sommes pas à Ennepetal, madame, nous sommes à Berlin, a dit le délégué.

Et il a fait voter pour savoir si je pouvais rester. Dans l'ensemble, les parents ont accepté.

Au début, je me suis horriblement ennuyé : le délégué parlait des élections, des projets d'aménagement, du manque d'argent... Après, c'est devenu plus intéressant.

La maîtresse a dit que l'atmosphère de la classe s'était détériorée et qu'un élève, en particulier, excitait tous les autres.

Il y a eu des murmures chez les parents.

Et moi, je me suis écrié :
— Je sais, c'est Charlie ! Mais en fait, il n'est pas méchant et il bricole très bien.

Alors une dame a fondu en larmes : c'était la mère de Charlie. Elle a dit que son mari était muté à Pforzheim et qu'ils allaient partir.

Mme Urbain l'a serrée dans ses bras ; elle lui a dit qu'elle regrettait sincèrement qu'elle doive déménager.

Et tout à coup, j'ai compris pourquoi Charlie m'en voulait autant : moi, le nouveau, j'avais le droit de rester, et lui, il était obligé de partir. Il avait peur de changer de ville, peur de changer d'école.

Le lendemain, il m'est tombé dessus. Il criait :
— Sale mouchard, tu es dégoûtant !

Il ne voulait pas comprendre que je cherchais seulement à l'aider.

Charlie avait déjà un trou à sa chemise et moi une bosse sur le front, quand une vieille dame est passée et nous a dit :

– Voulez-vous cesser ! Vous n'avez pas honte ? Le bon Dieu voit tout et entend tout, vous savez.

On n'avait pas vraiment honte, mais on a arrêté, et on est allé attendre Mario et Tina sur le chantier, à côté de l'école.

Au bout d'un moment, Charlie m'a demandé :

– Tu crois vraiment que Dieu peut tout voir et tout entendre ? Tu crois en Dieu, toi ? Tu crois qu'il punit toujours quand on fait quelque chose de mal, quand on vole un peu, par exemple ? Tu crois que la mutation de mon père, ça pourrait être un début de punition ?

– Tu as volé quelque chose ?

– Oui, une gomme à la papeterie, un rouleau de bonbons au supermarché et un cornichon à la charcuterie.

– Ce n'est pas assez. Ce n'est sûrement pas pour ça qu'on est obligé de partir... D'ailleurs, tu sais, un déménagement, ce n'est pas une punition, c'est même plutôt drôle.

26. *La lettre de maman à Mme Jordan*

Maman chantait souvent à Ennepetal : en faisant le ménage, en épluchant les pommes de terre, en faisant la lessive ou la vaisselle. Depuis que nous sommes ici, elle a cessé de chanter.

Biggi et moi, on a trouvé une lettre que maman avait écrite à Mme Jordan, juste après notre arrivée :

Chère Madame,
Vous ne sauriez croire comme nous nous plaisons ici : la ville est belle, les voisins sont gentils et serviables. Nous avons rapidement fait la connaissance de gens aimables et nous n'avons encore jamais regretté d'avoir déménagé.

La lettre s'arrêtait là.

Biggi a dit :

– Ma parole, elle sait bien mentir, maman ! Tout ce qu'elle a écrit est faux !

Moi, je ne crois pas vraiment que maman ait voulu mentir. Je crois plutôt qu'elle aurait voulu que tout soit comme elle le décrivait.

27. *Papa retourne à Ennepetal*

Maman a commencé à travailler le 3 octobre, c'était un lundi. Elle était à mi-temps dans un bureau d'une entreprise de bâtiment.

Dès le 10 octobre, comme une de ses collègues est tombée malade, elle a travaillé à temps plein.

A midi, Biggi prenait Anya à la garderie, pendant que je réchauffais le repas que maman avait cuisiné la veille. On laissait la vaisselle, on faisait les devoirs et des batailles de polochons, et on mettait du désordre. Personne ne nous grondait.

Le 15 octobre, c'était le début des vacances d'automne. La télévision couleur a été livrée ce jour-là, ça tombait bien ! Papa l'avait commandée sans rien dire. Il nous a expliqué qu'on pouvait capter cinq chaînes.

On a embrassé papa et on a essayé aussitôt la télécommande.

Quand maman est rentrée, elle a fait du rangement et elle a rappelé à papa tous les crédits qu'on devait payer. En fait, elle trouve toujours que c'est un luxe d'avoir la télévision couleur, et que ça perturbe la vie de famille.

Alors papa lui a dit que c'était elle qui perturbait la vie de famille en étant du matin au soir au bureau, parce qu'elle n'avait plus le temps de s'occuper de nous.

Maman lui a dit que c'était seulement jusqu'au 17. Elle lui a préparé du café et des tartines, et elle a terminé le rangement. Elle disait qu'elle aurait plus de temps à nous consacrer si nous aidions un peu.

— Mais en fait vous voudriez que je laisse tomber et que je revienne toute penaude à la maison ! Eh bien, n'y comptez pas, je tiendrai bon, je ne rendrai pas les armes !

— Alors papa est allé donner un coup de téléphone dans une cabine, et puis il a fait sa valise.

Maman lui a demandé s'il partait pour son travail, mais il n'a pas répondu. Un peu plus tard, il nous a proposé de venir avec lui à Ennepetal. Mais Biggi aimait mieux jouer au ping-pong, et Anya était invitée à l'anniversaire de Sebastian, celui de la boutique-garderie.

Et moi, j'ai répondu :

— A Ennepetal, je connais tout, tandis qu'ici il y a une cabane de jardin que je ne connais pas, sur le terrain vague à côté de l'école, là où il y avait autrefois des jardins ouvriers.

C'est ainsi que papa est parti tout seul dans sa « coccinelle ».

Maman a continué à travailler au bureau, à mi-temps à partir du 17 octobre. Elle était enchantée de ses collègues et de son patron.

Elle nous a dit :

— Vous verrez, papa finira par revenir.

Mais il ne revenait pas.

28. *Nous rendons visite à maman dans son bureau*

Papa nous a envoyé une carte d'Ennepetal. Tous ses copains du café avaient signé.

Alors Biggi a dit :

— Il a tous ses amis là-bas, je parie qu'il va y rester. Quant à maman, elle se plaît plus au bureau qu'à la maison ; pour peu qu'un collègue lui plaise plus que papa, elle va filer, elle aussi. J'ai vu ça à la télévision. La situation est catastrophique, mes enfants, il faut y mettre de l'ordre et vous allez m'aider.

Elle était tellement énervée qu'elle a laissé brûler la soupe, et après elle a grondé Anya parce qu'elle ne voulait pas la manger !

Moi, je ne me sentais pas bien, je leur disais :

– On ne peut pas vivre sans maman, quand même !

– Ça ne va pas, Tom ? a interrogé Biggi. Tant mieux ! (Elle m'a tâté le front pour voir si j'avais de la fièvre.) Tu n'as pas de fièvre, dommage ! Enfin, tant pis ! Allez, dépêchez-vous un peu !

Et elle nous a fait mettre nos plus vieux vêtements :

– Il le faut, mes petits ! Maman n'a sûrement pas dit qu'elle avait trois enfants, vous pensez ! Personne ne voudrait employer une femme affublée de trois gamins. Alors, à nous de jouer ! Sus au bureau de luxe !

Il y avait effectivement un très beau bureau au siège de la société, je n'osais même pas entrer, il a fallu que Biggi me pousse en avant :

– Nous sommes venus parce que mon frère est malade, il s'est évanoui plusieurs fois.

En fait, maman était seule dans une petite pièce sans fenêtre. A la lumière d'un tube au néon, elle rangeait des doubles de lettres dans des classeurs noirs.

Elle nous a regardés comme si on était

des revenants. Elle a tout de suite vu que je n'étais pas malade.

— Le petit n'est pas contagieux, j'espère, a dit la dame qui nous avait amenés. Et elle est vite partie.

Nous avons raconté à maman pourquoi nous étions venus. Ça l'a bien fait rire. Elle nous a dit :

— Papa, c'est une tête de bois, mais je l'aime bien quand même, vous savez. (Et puis elle nous a expliqué pourquoi elle se trouvait là.) Biggi avait raison, j'ai perdu la main. D'ailleurs, je ne m'étais jamais servie d'une machine électrique. Au début, effectivement, j'étais dans le beau bureau de l'autre côté, mais je faisais tellement de fautes que la corbeille était toujours pleine de papiers. Les collègues et le patron sont très gentils, mais on m'a quand même mise à des travaux que personne ne veut faire.

En rentrant, maman et Biggi se sont inscrites à un cours de perfectionnement. Biggi n'est plus une débutante, elle a déjà travaillé sur machine électrique au cours complémentaire. Et puis elle sait très bien faire le rangement et la cuisine. Elle sait très bien commander, aussi.

29. *Anya et la boule molle*

La première fois que maman et Biggi sont allées au cours du soir. Anya et moi, on a regardé la télévision. Évidemment, on n'avait pas le droit, mais ce qui est arrivé après, je n'y suis pour rien, c'est la faute de la boule molle.

Il y avait un film d'horreur japonais. Un type se précipitait dans un volcan pour se suicider : il en ressortait sous la forme d'une boule incandescente et se jetait au milieu d'un mariage au moment où la fiancée du désespéré allait épouser un autre homme. Alors, folle de rage, la boule molle touchait tour à tour le marié, la mariée et des tas d'invités : en se consumant, ils devenaient rouges puis transparents, ils se ratatinaient, et ils disparaissaient.

Anya tremblait, elle me disait tout le temps :

— Tu vas voir, ça finira bien. Ça finit toujours bien à la télévision. Dis, Tom, ça finit bien, hein ?

Tu parles ! Dans les émissions pour enfants, ça finit bien, mais pas dans les films du soir. Les invités qui avaient brûlé, on ne les a plus revus, et la boule molle est partie à la recherche de nouvelles victimes.

Elle a trouvé Anya, qui s'est mise à faire des cauchemars, à se réveiller au milieu de la nuit en hurlant. Elle me demandait de la prendre dans mes bras et en même temps elle montrait le plafond et elle disait : « Attention, elle est là-haut ! », ou bien elle restait à geindre sans rien dire.

J'ai essayé de lui expliquer que ça n'existait pas, je lui ai dit comment on faisait les trucages, mais elle hochait la tête et se remettait à pleurer. Heureusement que maman a le sommeil lourd !

Le 24 octobre, maman est allée à la réunion de la garderie. Ce soir-là, Biggi et moi, on a regardé une émission policière.

Anya est venue sans bruit s'installer près de nous en me disant :

— J'ai peur, Tom. Quand je ferme les yeux, je vois la boule molle. Alors j'arrive plus à fermer les yeux, et si je ferme pas les yeux, je pourrai pas dormir.

— Ça suffit, maintenant ! Ça n'existe pas, tu entends !

Biggi nous a dit de la fermer et elle a pris Anya sur ses genoux. A la fin de l'émission, j'ai tout raconté.

Alors, en la caressant doucement, Biggi a dit à Anya :

— Ce n'est pas drôle d'avoir peur, j'en sais quelque chose.

J'étais furieux : au lieu de calmer Anya, elle l'inquiétait davantage ! Alors moi, je lui ai dit :

— Il n'y a que des images, à la télévision ! Moi, si je vois l'image des trois cadavres au moment de m'endormir, je change de chaîne dans ma tête et je cherche une image drôle, tu comprends ?

Elle a fait oui de la tête ; mais alors Biggi m'a répondu :

— Tu es complètement fou, Tom. Il n'y a pas que des images au journal télévisé, c'est la réalité. Tu ne vas pas me dire qu'elles n'étaient pas vraiment allongées dans la rue, les victimes des terroristes ?

Évidemment, Anya s'est remise à pleurer, et elle a crié qu'elle voulait que papa revienne. Il n'y avait plus moyen de la calmer. On a fini par la coucher dans le lit de papa. Mais alors là elle nous a dit :
– Y a du bruit, dans le lit de papa, je veux que Tom dorme avec moi !

C'était vrai, il y avait du bruit, quelque chose comme un moteur. C'était léger quand on avait la tête sur l'oreiller, mais assez net quand on collait l'oreille contre le matelas.

Biggi ne voulait pas nous croire. Alors elle s'est couchée à côté de nous pour écouter.

Et là, on a eu peur tous les trois !
– D'où ça vient ? Qu'est-ce que c'est ?

J'ai dit tout bas :
– Je ne me sens pas bien, dans cette maison.

– C'est comme ça, quand on ne connaît personne, m'a dit Biggi.

Alors on s'est mis à penser à papa. Il devait être au café en ce moment, en train de boire une bière avec les copains.
– Moi, je suis sûr qu'il va revenir, ai-je

dit ; et quand il reviendra il cherchera d'où vient le bruit.

– S'il revient... a ajouté Biggi. Le père de Bobosse est parti depuis plus d'un an ! Maman nous dit tous les soirs de ne pas nous en faire, qu'il reviendra, mais je ne sais pas si vous avez remarqué : elle le dit chaque soir un peu moins fort.

C'est maman qui a été étonnée de nous trouver couchés dans sa chambre quand elle est rentrée ! Finalement elle s'est déshabillée et elle s'est mise avec nous. Seulement Anya ne s'en est pas aperçue parce qu'elle dormait à poings fermés.

Maman nous a dit :

– Vous savez, je me fais du souci pour votre petite sœur. L'autre jour, le petit Sebastian de la garderie lui a dit : « Quand on sera grands, on se mariera ! », et vous savez ce qu'elle lui a répondu ? « Je veux jamais me marier, je veux rester toujours petite ! » et elle s'est jetée par terre. Sebastian a voulu l'aider à se relever, mais elle s'est mise à hurler : « Ne me touche pas, sinon je vais prendre feu ! », et en même temps il paraît qu'elle donnait des coups dans le vide tout autour d'elle ! Vous y comprenez quelque chose, vous ?

— Bien sûr, a répondu Biggi, c'est à cause de la boule molle !

Je l'aurais tuée ! J'ai hurlé :

— Et qui est-ce qui a laissé Anya regarder la télévision, ce soir ? Qui jette les pilules roses aux waters ? Qui passe son temps à jouer au ping-pong avec Bobosse ? Qui l'appelle au secours pour qu'on ne l'embrasse pas ?

Biggi me donnait des coups de pied sous le drap. A la fin elle a répondu :

— T'as rien à dire, toi. Tu crois qu'ils sont mieux, ton Mario et ta Tina ?

Mais il a fallu qu'elle s'explique : l'histoire des pilules, du ping-pong, de Bobosse et du chat-bisou, tout y est passé.

Pour finir maman nous a dit :

— Soyez gentils, ne vous disputez pas comme ça ! Vous devriez être contents d'avoir des amis. Moi aussi, je voudrais bien avoir quelqu'un à qui parler de mes soucis. (Ensuite elle a éteint la lumière et elle a dit d'une voix à peine audible :) Ne vous en faites pas, papa reviendra bientôt.

Mais moi, je me suis réveillé au milieu de la nuit et je l'ai entendue pleurer.

30. *Papa est un débruiteur génial*

Le lendemain matin, je suis allé à la poste, j'ai acheté une carte et j'ai écrit à papa. Je l'ai adressée à M. Kurt Bott, chez mamie Emma, 8, quartier Vert à Ennepetal :

Mon Cher Papa

Ici c'est terrible, il y a partout des bruits de moteur dans l'appartement et on ne sait pas d'où ça vient.

Est-ce que tu pourrais passer voir ça un de ces jours ? C'est urgent !

On a besoin de toi !

Ton fils

Vendredi 28 octobre, j'ai entendu la porte s'ouvrir tout doucement. Maman,

Biggi, Anya et moi, on était à plat ventre sous le lit, on essayait d'attraper un petit chat : c'est Bobosse qui l'avait confié à Biggi en partant camper avec des jeunes au bord de la mer du Nord.

Je n'ai rien dit, et tout à coup, on a entendu quelqu'un crier :

– Coucou ! voilà le réparateur ! Ne cherchez plus d'où vient le bruit : vous avez devant vous le champion du monde du débruitage !

– Papa est revenu, hourrah ! s'est écriée Anya.

Biggi, Anya et moi, nous nous sommes dépêchés de nous relever et nous avons sauté au cou de papa.

Mais maman ne bougeait pas : on ne voyait que ses jambes.

– C'est ainsi qu'on salue un travailleur ? Ce n'est pas comme ça que je pensais être accueilli ! a remarqué papa.

Maman a essayé de sortir à reculons, mais elle était coincée. Alors papa a un peu soulevé le lit et nous, nous l'avons tirée par les jambes.

Elle s'est relevée ; elle a rejeté ses cheveux en arrière et a dit à papa :

— Mais, monsieur, nous n'avons pas demandé de réparateur !

A ce moment-là, papa m'a fait un clin d'œil.

Et tout à coup, maman a éclaté de rire et fondu en larmes en même temps ; elle s'est jetée dans les bras de papa qui lui a dit :

— Je suis content d'être rentré, tu sais. Tant que j'avais de l'argent, j'étais bien vu parce que je payais des tournées. Mais après, ils m'ont planté là pour aller travailler. Il n'y a que Bieberich qui ait encore trouvé le temps de me voir.

— Et que deviennent les voisins ? a demandé maman.

— Alors là, Mme Jordan et mamie Emma ne m'ont pas caché leur façon de penser ! Elles disent qu'il faudrait chercher à se faire des amis au lieu de regretter ceux de là-bas.

Papa n'arrivait pas à croire maman qui lui disait qu'ils lui manquaient.

— Tu affirmais que tu étais contente de partir !

— Tu crois vraiment que c'était le moment que je me lamente, moi aussi ? lui a répondu maman. Quand on veut trouver du travail, il ne faut pas rester collé toujours dans le même coin. J'ai essayé de faciliter le départ.

— A l'aide, les enfants, maman est une vraie comédienne !

— N'importe quoi ! Elle au moins, elle a du cran, c'est tout ! a répliqué Biggi.

Alors papa a raconté ce qui lui était arrivé :

— J'ai eu des ennuis au travail. Les collègues me laissaient les déplacements les plus pénibles et ils ne se privaient pas de me débiner quand ça ne marchait pas. Va trouver ton chemin dans Berlin, surtout avec le quinze tonnes. Un vrai cauchemar ! Pas facile de s'en sortir, parole ! Le 15 octobre, j'ai éraflé l'aile droite. Mon petit collègue, lui, il regardait en ricanant ! Un gamin qui a à peine du poil au menton ! Alors j'ai appelé le patron pour lui demander deux semaines de congé sans solde : j'ai prétendu que j'avais une affaire urgente à régler à Ennepetal. Franchement, il est impeccable, le patron ! Pas bronché ! Il a dit que ça pouvait arriver à tout le monde au début. Possible, mais allez dire ça aux collègues !

A son tour, maman a raconté qu'on l'avait mise au classement. Alors papa lui a dit de donner immédiatement sa démission.

C'est Biggi qui lui a répondu :

— C'est important, pour une femme, d'avoir un métier.

Et moi, j'ai ajouté :

— Et puis son mari peut filer sans prévenir, ou vouloir divorcer, tu comprends ?

— Je comprends, a répondu papa. Mais ne vous en faites pas : si vous me gâtez, si vous êtes toujours gentils avec moi, je ne partirai pas !

— Faut pas confondre, lui a dit Biggi. C'est nous qui te permettrons de rester, à condition que tu aides à la maison et que tu sois bien gentil avec nous.

Il a fait la grimace et il a dit :

— Ça pue drôlement ici !

On n'a pas compris tout de suite ce qu'il voulait dire, mais on a vite senti, nous aussi. C'est là qu'on s'est rappelé que le petit chat de Bobosse n'était pas encore propre !

Papa était horrifié :

— Quoi ! Vous avez pris un chat ici ? Et tu as permis ça, Gertrude ?

— Ne t'inquiète pas, chéri. C'est pour quelques jours seulement : on l'a confié à Biggi.

Le soir, pour que Biggi ne le prenne pas dans son lit, papa a enfermé le chat dans la salle de bains.

Mais il s'est mis à gratter à la porte et à pleurer comme un bébé. Maman a essayé de le rassurer, et puis Biggi ; moi aussi ; Anya aussi. Mais dès que nous refermions la porte, il recommençait de plus belle. Personne ne pouvait dormir.

Tout à coup, le bruit s'est arrêté.

Et puis j'ai entendu maman qui disait à papa :

— Mais Kurt, tu dors avec le chat, maintenant ?

— Écoute, Gertrude, disait papa, il ronronne. La pauvre bête, elle aime la compagnie. Ça l'angoisse, de voir la porte fermée. Je n'aurais jamais cru qu'on puisse se sentir aussi seul dans un grand immeuble !

Ça m'a donné une idée.

31. *On lance l'opération « petits sonneurs »*

C'est le samedi soir qu'on a pu lancer l'opération « petits sonneurs ». En effet, papa et maman étaient allés fêter leurs retrouvailles au Kurfürstendamm *.

Nous avons commencé par le rez-de-chaussée, porte de droite en entrant, là où il n'y a pas de nom. Anya s'était toujours demandé qui vivait là. On l'a portée pour qu'elle arrive au niveau de la sonnette. Personne. On a attendu un bon moment. Et puis Biggi s'est appuyée sur la porte, qui s'est ouverte toute seule avec un craquement affreux.

On n'a pas pu allumer parce qu'on n'a pas trouvé l'interrupteur. On a appelé :
– Il y a quelqu'un ?
Pas de réponse.

* Les Champs-Élysées de Berlin (*N.d.T.*).

Anya a déclaré qu'elle voulait voir la chambre à coucher, et elle est entrée.

Mais Biggi lui a dit à voix basse :

— Sors de là immédiatement ! et elle l'a tirée violemment, elle était très énervée.

— Tu ne le sais peut-être pas, mais un jour, à Berlin, on a trouvé dans un appartement le cadavre d'une femme de cinquante-trois ans morte depuis quinze jours sans que personne s'en aperçoive. Il y a peut-être un cadavre, ici ! Dans les grands immeubles, personne ne s'occupe de personne.

Alors on a soigneusement refermé la porte. Tout à coup la lumière de l'escalier s'est éteinte et on a entendu une voix cassée interroger :

— Qui est là ? Qui se faufile dans le noir ?

Anya a répondu tout bas :

— *C'est le vent, c'est le vent friolant !*

Et elle a rallumé la minuterie.

La vieille dame qui avait parlé s'est penchée par-dessus la rampe.

— Qu'est-ce que vous cherchez ?

— Un cadavre, a répondu Anya.

Biggi s'est dépêchée de lui mettre la main sur la bouche :

— Qu'est-ce que tu racontes ? Ce n'est pas vrai, madame ; mais j'ai vu dans le journal que le corps d'une femme était resté quinze jours dans son appartement avant qu'on le trouve.

— Eh oui ! C'est effrayant, mais c'est comme ça ! a dit la dame. C'est vous, les nouveaux du septième ? Vous savez, là où vous avez sonné, c'était un bureau de l'entreprise qui a construit la maison, il n'y a plus personne. Venez avec moi, vous allez voir.

Et elle est entrée avec nous. Tout était vide.

— A présent, les associés ont des bureaux modernes dans un autre immeuble. Ils veulent louer ici, mais ils n'y arrivent pas. Je vous demande un peu qui voudrait travailler avec vue sur les poubelles ! Au fait, je m'appelle Mme Gericke.

Mme Gericke nous a fait du chocolat chaud et nous a montré ses photos. Dans son séjour, il y a une trompette suspendue au mur. Il paraît que Mme Gericke a fait partie d'un orchestre de femmes, autrefois.

— De temps à autre j'en joue et les

Kulicke tapent au mur. (Elle s'est mise à ricaner et on a vu qu'il lui manquait une dent.) Mais moi, ça m'est complètement égal de les agacer. Au moins, quand ils tapent, je ne me sens pas seule dans ce grand immeuble, vous comprenez ?

Les Kulicke, ça ne les agace pas du tout en réalité.

– Nous, quand on cogne, c'est un peu comme si on applaudissait, a dit M. Kulicke.

Il faut dire qu'on est tout simplement allé voir les Kulicke pour leur parler de Mme Gericke.

Chez eux, la planche à repasser était devant la télévision.

– J'aime bien regarder la télé quand je repasse, a dit M. Kulicke. Pour les pantalons, je suis champion. Ma femme fait pas ça assez bien, et puis elle n'arrête pas de la journée. La cuisine, ça, elle la fait bien, mais la pâtisserie, c'est mon rayon. Ma spécialité, c'est le gâteau marbré. Justement, j'en ai un au four en ce moment.

Alors Anya a demandé si elle pouvait lécher la terrine, et pendant qu'elle s'occupait de sa terrine, M. Kulicke nous a initiés aux mystères du repassage des pantalons :

– Voyez, la pattemouille pas trop mouillée et le fer pas trop chaud. Et surtout, faut pas se presser. Un gentleman, ça se reconnaît au pli de son pantalon !

Mme Kulicke a éclaté de rire :

– Vous avez vu son pantalon ? Il ne porte que les vieux qui n'ont plus de pli !

Effectivement, le pantalon de M. Kulicke était tellement vieux qu'il faisait des poches aux genoux.

– Ceux qui sont repassés, il les met dans l'armoire et il ne les porte pas, parce que nous ne sortons presque jamais.

En fait, M. Kulicke n'aime pas se promener au milieu des H.L.M. Il nous a parlé de Kreuzberg, leur ancien quartier.

– Ça, c'était une communauté ! Mais ils ont démoli la maison. Dommage, parce qu'on s'entraidait. Y avait toujours quelqu'un pour quelqu'un. Vous trouverez ça qu'à Kreuzberg !

– A Ennepetal aussi, il y a de bons voisins, vous savez, monsieur, ai-je dit.

Et on a parlé des Piepenbrink. Les gâteaux de M. Piepenbrink ont beaucoup intéressé M. Kulicke.

Pendant ce temps, Anya visitait la chambre. Je l'ai entendue crier :

– C'est comme chez mamie Emma !

Il faut dire qu'au-dessus des lits jumeaux des Kulicke, il y avait presque le même tableau qu'au-dessus de celui de mamie Emma : un berger avec ses moutons, et des anges dans les nuages.

Les Kulicke ne voulaient plus nous laisser partir. Mme Kulicke nous disait :

– Restez encore un peu : nous aimons la compagnie et nos petits-enfants sont grands, à présent.

– Ça oui, ils viennent pas souvent nous voir ! a soupiré M. Kulicke.

Il avait fini son repassage et nous a montré le résultat. Il disait que sa femme faisait des faux plis parce qu'elle avait la cataracte. Ce n'est pas une rivière, c'est une maladie des yeux.

Il était huit heures passées quand on a sonné chez les Möller, au sixième. La sonnerie a réveillé leurs jumeaux de deux ans. Ils pleuraient tellement fort qu'on ne comprenait pas ce que disait Mme Möller.

– Qu'est-ce que vous dites ? Ah ! « Opération petits sonneurs ! » Mais d'abord qui êtes-vous, et que voulez-vous ? Ah, vous cherchez des amis. Ce n'est pas chez nous que vous en trouverez, et vous avez réveillé les enfants ! Quoi ? C'est pour vos parents ? Ah, je comprends, vous êtes nouveaux ici. Bon, alors, entrez. Dieter, viens voir, s'il te plaît. Il y a là des enfants qui cherchent des amis pour leurs parents.

M. Möller est arrivé avec les jumeaux sur les bras. Il nous a dit :
– C'est formidable ! Cherchez-en donc aussi pour nous, pendant que vous y êtes, ça nous changera les idées, nous en avons bien besoin, n'est-ce pas, Annette ?

Mme Möller a dit oui et elle nous a demandé si maman aimait les travaux manuels :

— Moi, je tricote beaucoup, vous savez.

Et puis M. Möller a demandé si papa jouait à l'écarté*.

— Bien sûr, a répondu Anya, mais maman, elle aime pas ça parce qu'il boit trop de bière pendant ce temps-là, et après il chante !

M. Möller a éclaté de rire ; il a dit qu'il comprenait papa.

— On pourrait jouer ici.

— Mais, Dieter, tu sais bien que les jumeaux ne supportent pas la fumée des cigarettes.

A ce moment-là les jumeaux se sont remis à crier et M. Möller a dit qu'il vaudrait mieux poursuivre notre opération le lendemain :

— Vous trouverez peut-être un troisième pour jouer à l'écarté. Vous reviendrez sonner ?

En partant, on a entendu Mme Möller qui nous criait :

— Oui, mais un peu plus tôt, si possible !

* Écarté : jeu de cartes.

32. *Nos parents*
sont des bourreaux d'enfants

Biggi et moi, on voulait arriver à savoir d'où venaient les bruits. Le premier jour, chez les Baum, on n'avait rien remarqué.

Sur la porte de l'autre côté du palier, il y avait écrit : RUMMELT. On a soulevé Anya pour qu'elle sonne, mais on n'a pas entendu la sonnerie. Alors Anya s'est collée contre la porte et elle a crié :

— Ouvrez ! comme elle faisait chez mamie Emma.

Une voix d'homme a retenti derrière la porte :

— Qui est là ?

Anya a crié :

— C'est nous, les nouveaux voisins, ouvrez !

M. Rummelt a ouvert la porte :

– Vous n'avez pas honte de frapper chez les gens à une heure pareille ? Moi, je suis vieux, je veux qu'on me laisse tranquille. Où sont vos parents ? Quoi, au Kurfürstendamm ? Ça alors, c'est trop fort ! De vrais bourreaux d'enfants qui abandonnent leur marmaille ! Et pendant ce temps, les gamins vont déranger les voisins !

Alors j'ai dit :
– Il y a du bruit dans la chambre des parents, ça les empêche de dormir. Est-ce qu'il y a du bruit aussi chez vous, monsieur ?

M. Rummelt est devenu tout rouge, il avait le souffle coupé :
– C'est une interview, ma parole ! Vous êtes journalistes ? Est-ce que vos parents ne vous ont pas appris à ne pas vous mêler des affaires des autres ? Allez, fichez le camp et ne vous avisez pas de revenir ! Vos parents vont avoir de mes nouvelles !

Le lendemain matin, papa est venu nous réveiller, il avait une lettre à la main.
– Alors, comment c'était chez les voisins ?

Et il nous a lu la lettre :

Monsieur, vos enfants vont déranger les voisins à une heure avancée de la nuit. Sachez que je ne le tolérerai en aucune manière.

Rummelt

— Tu l'as dit à maman ?
— Non, elle dort encore, a répondu papa.

Et il a déchiré la lettre en petits morceaux.

On lui a parlé de Mme Gericke, des Kulicke, des Möller et de M. Rummelt. C'est surtout M. Möller et l'écarté qui l'ont intéressé.

Finalement, Papa a trouvé l'opération « sympa ».

33. *M. Rummelt*
fait la mauvaise tête

Le dimanche après-midi, papa et Biggi sont allés rapporter le chat à Bobosse. Pendant ce temps-là, Anya et moi, on s'exerçait à prendre l'ascenseur. En se dressant sur la pointe des pieds, Anya arrive tout juste à appuyer sur la touche R. DE CH.

A notre étage, en sortant de l'ascenseur, on a entendu des appels au secours qui venaient de chez M. Rummelt. La porte était entrebâillée.

– Zut et zut ! Il n'y en a donc pas un qui va venir ? Au secours !

Nous sommes entrés tout doucement.

– Et alors, nous a crié M. Rummelt, venez donc m'aider !

Il était dans la cuisine et tenait un torchon contre le mur. Tout était trempé : le placard, les murs, les chaises, la cuisinière, le carrelage. M. Rummelt avait percé une canalisation en voulant planter un crochet. Avec son torchon, il bouchait le trou pour empêcher l'eau de jaillir partout.

Il s'est mis à rouspéter :

– Ça fait une éternité que j'attends ! Ils sont tous sourds, ma parole ! Allez dire à vos parents qu'il faut fermer le robinet d'arrivée générale d'eau. Allez et que ça saute !

Maman est vite descendue à la cave. Mais il y avait beaucoup plus de robinets qu'à Ennepetal : elle a eu peur de se tromper.

Quand papa et Biggi sont rentrés, on était déjà allé sonner chez les Baum, chez Mme Gericke, chez les Kulicke. C'est M. Kulicke qui a trouvé le bon robinet sans hésiter.

Chez les Möller, il y avait une grande auréole au plafond de la cuisine, parce qu'ils habitent au-dessous de M. Rummelt.

Du coup, tout le monde est monté chez lui, les Möller pour lui parler de la tache, Mme Gericke et les Kulicke pour l'aider ;

Anya et moi, on pensait qu'il nous accueillerait comme des sauveurs. Tu parles ! Tout ce qu'il a fait, c'est de nous crier qu'il n'avait pas besoin d'aide, qu'il se débrouillerait tout seul, et il nous a claqué la porte au nez !

Alors M. Baum a dit :

– Il y a des gens qui ne comprendront jamais combien c'est important de pouvoir compter sur ses voisins.

Sa femme a demandé si on voulait entrer chez eux, et tout le monde a voulu.

34. *On peut vivre à Berlin comme à Ennepetal*

Contre le mur du séjour, chez les Baum, il y a des éléments peints en blanc ; entre les livres et les vases, il y a un aquarium. Alors on a regardé les poissons, ils étaient beaux, ils étaient de toutes les couleurs. Les poissons, c'est le dada de M. Baum.

Papa lui a demandé de lui expliquer le fonctionnement de la pompe à vibrations. Ça l'intéressait énormément, mais tout à coup il a donné une grande tape à M. Baum dans le dos et il lui a dit :

— Mais alors, le bruit, c'est vous !

Tout le monde s'est tourné vers M. Baum. Lui, il haussait les épaules, il avait l'air de ne pas comprendre.

Alors papa a désigné la pompe contre le mur et il a dit :

– Ce n'est pas étonnant qu'il y ait de pareilles vibrations dans notre chambre ! L'aquarium et sa pompe sont de l'autre côté du mur contre lequel nous avons mis nos lits.

Aussitôt ils sont tous venus écouter chez nous. D'autres locataires, qui étaient sortis sur le palier pour voir pourquoi ils n'avaient plus d'eau, sont venus aussi. Anya était devant, elle servait de guide.

Mme Gericke et les Kulicke ont essayé les premiers d'écouter, l'oreille collée contre le matelas.

– C'est incroyable ! a dit Mme Gericke. Comment avez-vous pu supporter cela, madame Bott ?

Maman lui a montré tous les petits bouts de coton qu'elle s'était mis dans les oreilles.

M. Baum était horriblement gêné :

– Excusez-moi, madame : il n'y a pas longtemps que j'ai cet aquarium.

– Ne vous inquiétez pas, monsieur, lui a répondu maman. Quand on sait d'où ça vient, c'est déjà un moindre mal.

Il y avait là un autre locataire : il

s'appelle M. Bieler et il joue très bien à l'écarté. Il a dit à M. Baum :

— Vous savez, il y a moyen d'éviter les vibrations. Je le sais, parce que j'ai aussi un aquarium. On peut mettre un filtre extérieur et une pompe centrifuge.

Et il a invité M. Baum à venir voir ses poissons.

Alors, M. Kulicke a dit :

— La prochaine fois que le vieux percera une canalisation, on en profitera pour se rencontrer.

— On n'a peut-être pas besoin de ça ! a constaté Mme Möller.

— D'accord, mais où ? a demandé son mari.

Alors papa a déclaré :

— Je viens d'un des immeubles qui ont le balcon bleu. J'y étais avec ma fille, elle a un ami là-bas. Eh bien, à chaque étage, il y a des pièces communes où on peut discuter, bricoler ou jouer entre voisins.

— Mais c'est vrai ! a dit M. Möller. J'en ai entendu parler, et j'ai même lu un article là-dessus. Il n'était question que de ça dans les journaux à un moment donné, parce que ça a servi à loger provisoirement et à réintégrer des familles nombreuses, des personnes âgées, des gens économiquement faibles, à qui il fallait un logement de secours.

– Mon Dieu! a dit maman, si près de chez nous, dans notre rue?

– Et alors? a dit Mme Baum. Vous savez, ça a l'air de marcher. Ce n'est pas pour rien qu'on a appelé ça des locaux communautaires; au moins, là, le sens de la communauté peut se développer!

C'est comme ça que depuis le 1er novembre, on a un local pour tous. L'idée est venue de Mme Gericke. On a partagé le loyer des bureaux du rez-de-chaussée. Évidemment, M. Rummelt et quelques autres n'ont pas voulu participer, mais tant pis pour eux. Ces pièces-là, ça sert à tout : on y joue quand il fait mauvais. Et le soir, les adultes vont y discuter.

Le 10 novembre, quand Mme Baum est rentrée de la clinique avec son bébé, on a fait la fête tous ensemble. Le bébé, c'est un garçon, il s'appelle Till. Anya a trouvé qu'il ressemblait à M. Drescher d'Ennepetal. Il faut dire qu'il est complètement chauve, ce bébé!

35. *Maintenant on m'appelle Fot-fot*

Pendant les vacances de Noël, Charlie a déménagé. En catimini, sans dire au revoir à personne. La maîtresse nous a donné son adresse et elle nous a dit de lui écrire ; on l'a fait en classe.

Les autres ont presque tous mis : *Salut, Charlie, comment ça va ? Moi, ça va.*

Mais moi, j'ai écrit autre chose :

Mon cher Charlie,

Il ~~fot~~ faut pas croire que c'est débile, de déménager. Il ~~fot~~ faut même dire que ça peut être vraiment super, parce que tu vas trouver des copains là bas, ou alors il ~~fodra~~ faudra en chercher. Parce que, il ~~fot~~ faut dire, on a tous besoin de copains, même les grandes personnes.

Il ~~fot~~ faut dire qu'elles sont comme tout le monde. Salut.

Ton ~~Thomas~~ Bott
~~fot-fot~~

Je venais juste de signer quand Tina m'a arraché la lettre des mains. Elle a éclaté de rire et elle a montré ma lettre à Mario. Lui, il l'a brandie en disant :

— Y a que les zozos qui écrivent Fot-fot.

Ils voulaient tous savoir ce que j'avais mis. Alors Tina et Mario ont lu ma lettre devant tout le monde. Et puis Tina a corrigé la faute ; elle a barré ma signature et, à la place, elle a écrit « Fot-fot », et elle a fait passer ma lettre. Alors ils se sont mis à chuchoter :

— Salut, Fot-fot !

Moi, je ne pouvais pas m'empêcher de penser : « Ils ont bien raison, je suis vraiment un idiot d'avoir cru que j'avais trouvé des copains ! Et comme par hasard, c'est Tina et Mario qui me font cette blague ! »

Sur le chemin, en rentrant, je me suis senti vraiment mal. Tantôt j'étais gelé, tantôt je suais à grosses gouttes. En arrivant, je me suis mis au lit.

Quand maman est rentrée du bureau, elle m'a demandé ce qui s'était passé. Je lui ai répondu que je ne voulais plus jamais aller à l'école. Ça lui a fait une de ces peurs, à maman. Elle a dit :

— Ah, non ! Ça ne va pas recommencer ! Tu ne fais quand même pas ta puberté !

Ce n'était pas la puberté, c'était la rougeole.

Le lendemain matin, Mme Gericke

m'a tenu compagnie jusqu'au retour de maman.

Trois jours après, Tina et Mario sont venus m'apporter les devoirs.

J'étais furieux ! Je me disais : « Alors, non seulement ils me donnent un surnom complètement idiot, mais maintenant en plus ils m'apportent les devoirs à faire ! Comme s'ils ne savaient pas que le seul avantage d'être malade, c'est de ne pas en avoir ! »

Mais maman les a bien remerciés ; et puis, elle a tiré les rideaux en annonçant :

— Mme Gericke dit qu'on ne supporte

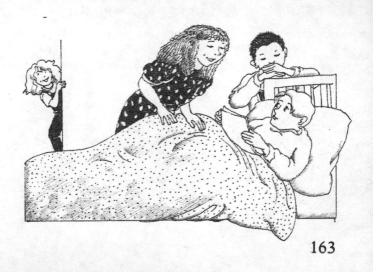

pas la lumière, quand on a la rougeole.

Moi, je m'étais tourné vers le mur pour ne pas les voir.

Tina et Mario sont restés un moment près de moi dans le noir. Et puis Mario a fini par me dire de ne pas faire l'imbécile. Et Tina a ajouté :
— Dis donc, sois honnête. « Fot-fot », c'est quand même moins moche que « le Nouveau », tu ne trouves pas ?

Après tout, ils n'ont peut-être pas tort...

Table des matières

l'Atelier du Père Castor présente

la collection Castor Poche

La collection Castor Poche vous propose :

- des textes écrits avec passion par des auteurs
  du monde entier,
  par des écrivains qui aiment la vie,
  qui défendent et respectent les différences ;
- des textes où la complicité et la connivence
  entre l'auteur et vous se nouent et se
  développent au fil des pages ;
- des récits qui vous concernent parce qu'ils
  mettent en scène des enfants et des adultes dans
  leurs rapports avec le monde qui les entoure ;
- des histoires sincères où, comme dans la réalité,
  les moments dramatiques côtoient
  les moments de joie ;
- une variété de ton et de style où l'humour,
  la gravité, la fantaisie, l'émotion, la poésie
  se passent le relais ;
- des illustrations soignées, dessinées par des
  artistes d'aujourd'hui ;
- des livres qui touchent les lecteurs à différents
  âges et aussi les adultes.

Un texte au dos de chaque couverture vous présente les héros, leur âge, les thèmes abordés dans le récit. Vous pourrez ainsi choisir votre livre selon vos interrogations et vos curiosités du moment.

Au début de chaque ouvrage, l'auteur, le traducteur, l'illustrateur sont présentés. Ils vous invitent à communiquer, à correspondre avec eux.

CASTOR POCHE
Atelier du Père Castor
7, rue Corneille
75006 PARIS

137 **La reine de l'île**
par Anne-Marie Pol

Au large des côtes bretonnes se dresse l'île de Roc-Aël. Liselor et Grand-Père y vivent seuls, heureux, dans le vieux manoir familial délabré. Pourtant, à la veille de ses douze ans, Liselor sent ce bonheur menacé. Quel est donc le secret qui tourmente de plus en plus Grand-Père ?

138 **La dernière pêche du Blue Fin**
par Colin Thiele

Snook, quatorze ans, rêve depuis longtemps d'être admis à bord du thonier de son père. Le voilà enfin sur le *Blue Fin* ! Mais une brusque tornade emporte l'équipage et blesse grièvement son père. Snook reste le seul homme valide à bord du *Blue Fin* dévasté. Pourra-t-il le ramener jusqu'à Port Lincoln et sauver sa précieuse cargaison de thons ?

139 **Risques d'avalanche !**
par Ron Roy

Scott, quatorze ans, va passer huit jours à la montagne chez son frère aîné Tony qu'il n'a pas revu depuis six ans. Malgré les risques d'avalanche et les interdictions, Tony emmène Scott skier dans un coin « secret et reculé ». Grisés par la descente, les garçons ne peuvent rien contre l'énorme vague blanche qui déferle sur eux... C'est le drame.

140 **Le Roi des babouins (senior)**
par Anton Quintana

Le père de Morengarou est un Masaï, sa mère, une Kikouyou ; deux tribus ennemies d'Afrique Centrale. Morengarou n'est accepté ni par les uns, ni par les autres. Et le voici banni. Après des jours d'errance, il doit affronter une troupe de babouins dont il tue le chef. Bien que blessé et mutilé, Morengarou devient le nouveau Roi des babouins. Mais est-ce vraiment sa place ?

145 Contes des rives du Niger
par Jean Muzi

Le Niger est l'un des plus grands fleuve d'Afrique. Voici 20 contes qui reflètent la culture des cinq pays qu'il traverse ; la Guinée, le Mali, le Niger, le Bénin et le Nigeria. Derrière la simplicité des récits, le comique des situations et l'humour des personnages se cache une profonde sagesse.

146 La petite maison dans la prairie (tome 4)
par Laura Ingalls Wilder

« Un enfant de la terre » est le quatrième tome de la célèbre autobiographie. Laura Ingalls y raconte la jeunesse de son mari, Almanzo Wilder. Au nord de l'Etat de New York, fils de fermier, Almanzo, huit ans, son frère aîné et ses deux sœurs partent à l'école dans la froidure de ce mois de janvier 1866.

147 Perdu dans la taïga
par Victor Astafiev

Deux courts récits inspirés de l'enfance de l'auteur dans sa Sibérie natale. Vassia, treize ans, s'égare dans l'immensité de la Taïga. Loin de se décourager, il marche des jours durant à la recherche du fleuve qui le conduira chez lui.
Sous les yeux de Girmantcha, ses parents disparaissent dans le fleuve en furie. Le voici orphelin. Que va-t-il devenir ?

148 Atome-Pouce
par Marcello Argilli

Echappé du laboratoire où il a pris forme « presque humaine », Atome-Pouce a bien de la chance de rencontrer Colombine. Fille d'un éminent savant, elle a tout de suite reconnu l'étrange petit bonhomme. C'est un atome, elle en est certaine. Il sera le petit frère qu'elle n'a jamais eu... Sous son apparence métallique, Atome-Pouce cache un cœur d'or et un esprit espiègle.

Cela les entraîne dans de nombreuses aventures...

153 la petite maison dans la prairie (Tome 5)
par Laura Ingalls Wilder

« Un hiver sans fin » est le cinquième tome de la célèbre autobiographie où l'auteur raconte sa jeunesse qui se déroula dans l'Ouest américain des années 1870/1890. Le père de Laura travaille sur la ligne de chemin de fer et toute la famille Ingalls l'a suivi à la ville. Mais cette année-là, l'hiver est particulièrement long et rigoureux...

154 les enfants Tillerman
par Cynthia Voigt

Premier volume de la saga des enfants Tillerman.
Les quatre enfants, entre sept et treize ans, se retrouvent seuls sur un parking. Leur mère, partie faire une course, ne revient pas. Que faire ? Sous la conduite de Dicey, l'aînée, les enfants se mettent en route, à pied, pour la maison d'une grand-tante inconnue où devait les conduire leur mère, à plus de cent kilomètres...

155 il fera beau demain
par Luce Fillol

Février 1939. Emilio et ses parents, comme de nombreux Espagnols, fuient la guerre civile et trouvent refuge en France. Après cinq mois passés dans un camp, la famille Cubellas trouve enfin un travail dans le Roussillon. Mais en France aussi, les événements se précipitent. La guerre contre l'Allemagne paraît inévitable. Pourtant, Emilio garde espoir...

156 la louve et le gitan
par Gunther Feustel

Antonin en a assez. Tous les jours, lorsqu'il descend à l'école du village, Jiri et sa bande ne manquent pas une occasion de le provoquer et de le traiter de « sale gitan ». Antonin préfère rester auprès de son grand-père, le berger du village, ou se promener solitaire dans la montagne. Un jour, il découvre une jeune louve à demi morte de faim qui va bouleverser sa vie...

157 rude journée pour Sara
par Betsy Byars

Sara vit mal l'été de ses quatorze ans. Tantôt tout va bien, tantôt, l'instant d'après, tout s'écroule : elle ne peut plus rien supporter ni personne. Même Charlie, ce petit frère qu'elle adore, lui semble alors bien encombrant. Des cygnes se posent sur le lac et leur arrivée fait basculer dans le drame la tragi-comédie des vacances.

158 la petite maison dans la prairie (Tome 6)
par Laura Ingalls Wilder

« La petite ville dans la prairie ». Après un hiver éprouvant, le temps des beaux jours est revenu pour la famille Ingalls. La petite ville prospère et s'agrandit sans cesse avec la venue de nouveaux pionniers dans la plaine du Dakota.

159 tout feu, tout flamme
par Thalie de Molènes

La vieille ferme de la Rousselie retrouve vie. Tout le village guette les nouveaux venus, surtout les enfants. Reine, 11 ans, ne comprend pas pourquoi depuis leur arrivée le vieux Bertou refuse les longues promenades qu'ils faisaient ensemble dans la campagne périgourdine. Pourtant, elle n'hésite pas à défendre son vieil ami lorsque le drame survient...

160 les enfants Tilllerman (Tome 2)
par Cynthia Voigt

Suite de la saga des enfants Tillerman. La cousine Eunice, qui les a recueillis tous les quatre, parle de les adopter, mais elle trouve Sammy, à sept ans, beaucoup trop indiscipliné et envisage de le « placer ». Alors, Dicey, treize ans, entraîne une nouvelle fois ses frères et sa sœur sur les routes. Leur grand-mère maternelle, qu'on dit bizarre, n'est-elle pas leur dernière chance de trouver un foyer ? La route est longue jusqu'à chez elle et les embûches ne manquent pas...

161 **Fabrice et les passeurs de l'ombre**
par Jean Cazalbou

Noël 1940 : la guerre continue. Fabrice revient à la ferme de Louiseto. Bientôt sa mère et son père, prisonnier évadé, le rejoignent. Un jour, Fabrice découvre dans la montagne une maison isolée où se cachent un vieil homme et sa petite-fille Myriam. Les mois passent et Fabrice garde le secret sur son amitié avec la jeune fille. Mais le danger se rapproche...

162 **j'habite chez mes parents**
par Paul Maar

Pour Kilian, douze ans, tout son univers bascule quand ses parents décident de le « reprendre » pour l'emmener vivre avec eux en ville. Depuis qu'il est tout bébé, Kilian vivait dans un petit village, heureux, entre ses grands-parents. Comment va-t-il s'adapter à sa nouvelle vie ?

163 **la jeune fille sans nom** (senior)
par Torill. T. Hauger

1349 : un navire anglais arrive à Bergen, petit port de la côte ouest de la Norvège. Il amène avec lui un terrible fléau : la peste noire. Live, une jeune bergère, seule survivante de sa vallée, erre dans la montagne. Bjart, qui a fui Bergen, l'aperçoit. Mais comment l'approcher ?

164 **la petite maison dans la prairie (Tome 7)**
par Laura Ingalls Wilder

« Ces heureuses années. »
Laura n'a pas seize ans lorsque son père la conduit en chariot, à des kilomètres, pour qu'elle prenne son poste d'institutrice. Pour Laura, c'est une nouvelle existence qui commence...

165 un Père Noël pas comme les autres
par Jacques Poustis

Quelque part dans l'océan Indien, se trouve une île minuscule, surnommée l'Ile Merveilleuse. Les cinquante habitants vivent heureux dans ce paradis jusqu'à l'arrivée d'un jeune garçon qui y introduit une curieuse légende, venue d'Europe. C'est la révolution dans l'île. Le Père Noël existe-t-il ?

166 histoires horribles... et pas si méchantes !
par Christian Poslaniec

Où Eric peut-il bien trouver toutes ces histoires qu'il note dans son petit carnet à couverture rouge sang ? Chaque soir, Jacques, Eliane, sa compagne, Eric et Catherine, ses enfants, organisent un concours d'histoires, toutes plus horribles les unes que les autres. De quoi trembler et claquer des dents... mais « pour de rire ! »

167 la petite maison dans la prairie (tome 8)
par Laura Ingalls Wilder

Dernier volume de la célèbre autobiographie.
Laura raconte sa vie difficile avec Almanzo Wilder durant les quatre premières années de leur mariage.

168 le passage secret
par Janet Lunn

Rose, douze ans, est expédiée chez un oncle et une tante et leurs quatre enfants turbulents qu'elle n'a jamais vus.
Dans le jardin, Rose découvre un vieil escalier oublié qui la conduit devant la même maison mais un siècle plus tôt : elle vivra de bien étranges aventures en compagnie de Susan et de Will.

169 Le bœuf aux cornes magiques
contes d'Afrique noire
par Ashley Bryan

Dix contes africains pleins de vie, déroutants et drôles où l'on voit la poule ruser avec la grenouille, le buffle et l'éléphant s'y prendre de querelle, un bébé grenouille et un petit serpent jouer ensemble avant de se découvrir ennemis jurés...

170 L'odeur de la mer
par Philippe Barbeau

Vermillon et ses dix copains de classe en font voir de toutes les couleurs à leurs instituteurs qui se succèdent à un rythme accéléré... Mais arrive Monsieur Meunier, aussitôt surnommé « la Taupe ». D'abord victime de mauvais tours, la Taupe se fait peu à peu accepter. Les enfants découvrent au fil des jours le plaisir d'une autre école et se lancent dans l'aventure...

171 Le trésor des Aztèques
par Evelyne Brisou-Pellen

Dans la belle ville de Mexico, Citlal, le jeune Aztèque, se rend au palais de l'empereur pour s'occuper des serpents dont il a la charge. Il fait la connaissance de Mia, une jeune Mixtèque... Mais les Espagnols convoitent le fabuleux trésor des Aztèques. La cité est en danger. Citlal et Mia se retrouvent au cœur des combats.

172 Les grandes découvertes de Jacob
par Christoph Hein

Jacob est un garçon très occupé. Il a des idées bien arrêtées sur le comportement des adultes et il est entouré d'amis plutôt étonnants ! Il y a Broutou, l'âne qui pense beaucoup, le Faux-Prince, pianiste virtuose, Petite-Plume d'Aigle, l'inventeur presque génial et aussi Cathy qui adore les chevaux et Panadel le clochard qui connaît Paris comme sa poche. Ensemble, les six amis vivent de folles aventures, possibles et impossibles...

181 je suis née en Chine
par Jean Fritz

Jean, 11 ans, est née et a grandi en Chine, mais elle se sait et se veut américaine. Elle ne rêve qu'au jour où elle partira pour ce pays qu'elle ne connaît pas. Mais la révolution gronde dans les rues d'Hankéou. Le départ tant attendu se fera dans la précipitation et sous le signe du danger...

182 les ombres d'Autumn Street (senior)
par Lois Lowry

Après le départ à la guerre de son père, Elizabeth vient, avec sa mère et sa sœur aînée, habiter chez ses grands-parents. Elle s'adapte peu à peu à sa nouvelle vie et savoure son amitié avec Charles, le petit-fils de Tâtie, la vieille cuisinière. Ensemble les deux enfants échangent serments, mensonges et histoires terrifiantes et essaient d'interpréter ce monde d'adultes qui est toujours pour eux une énigme...

183 la source enchantée
par Natalie Babbitt

Winnie, 11 ans, décide d'aller faire un tour dans le petit bois d'en face. Elle y fait la rencontre d'une bien étrange famille, et c'est le début d'une grande aventure. Winnie est victime d'un enlèvement et les événements se précipitent...

184 Flora, l'inconnue de l'espace (senior)
par Pierre-Marie Beaude

En l'an 2100, Jonathan quitte Uma, la station lunaire envahie de touristes, à bord de son « trap », avec pour seule compagnie un ordinateur plutôt bavard. Un étrange appel radio, un mystérieux rendez-vous sur un astéroïde, et voilà Jonathan entraîné dans une étonnante aventure où l'attend Flora, l'inconnue de l'espace.

185 **Les trois oranges d'amour**
par Carmen Bravo-Villasante

Dix-sept contes tirés du trésor des récits traditionnels scrupuleusement recueillis dans les différentes régions d'Espagne. Des récits humoristiques, merveilleux et symboliques qui intriguent et réjouissent tout à la fois, et où la peur se transforme rapidement en rire...

186 **La vie sauvage**
par Jean-Paul Nozière

Manuel et Youri, deux amis de treize et quatorze ans, décident de vivre une expérience de « vie sauvage ». Forts de leurs lectures, ils partent quelques jours seuls, sans nourriture, au cœur d'une réserve. Mais au détour d'un sentier, ils surprennent des braconniers en pleine activité. Une chasse inattendue et impitoyable commence.

187 **Le cheval à la crinière rose (senior)**
par Victor Astafiev

Une galerie de portraits d'enfants des régions nordiques de l'Union Soviétique. La nature sibérienne ne fait pas de cadeaux. Il n'est pas sans danger de dérober ses petits à une martre et de s'aventurer sur l'Ienisseï quand la glace n'est pas encore solide. Même les flaques de boue peuvent réserver de désagréables surprises...

188 **Le survivant (senior)**
par Andrée Chedid

En pleine nuit, Lana apprend par téléphone que l'avion dans lequel son mari, Pierre, a embarqué quelques heures plus tôt, s'est écrasé dans le désert. Il n'y a qu'un survivant. Lana, convaincue qu'il s'agit de Pierre, part à la recherche de l'homme qu'elle aime, à travers oasis, villages, désert, solitude...

189 **Loïse en sabots (senior)**
par Anne Pierjean

En Dauphiné, au début du siècle, ce n'est pas facile d'être une fille de divorcés. Mais la petite Loïse a, profondément ancré en elle, le goût du bonheur. Et puis elle a Gilles, son ami de toujours. Loïse épouse Gilles l'année de ses seize ans et vit quatre ans de grand bonheur. Mais la guerre éclate la laissant veuve avec deux jeunes enfants. Surmontant son chagrin, Loïse tente de retrouver sa joie de vivre...

190 **Les voyages fous, fous, fous d'Alexis**
par Robert Boudet

Alexis quitte son village de Chantières pour courir l'aventure à travers le monde. De ville en ville, il découvre les dangers les plus sournois de notre monde moderne. Heureusement, Alexis a le sens de l'humour et Zoom, son chien, un flair infaillible ! Mais cela leur suffira-t-il pour échapper aux pièges tendus dans toutes ces villes ?

191 **Le Dragon de feu**
par Colin Thiele

La famille Pene habite la Grange du Hérisson en lisière de la Grande Brousse. Melton, Crystal et Colin ne manquent jamais d'occupations car, outre le bétail, la ferme est envahie d'animaux sauvages plus ou moins apprivoisés. Avec la canicule, revient le temps des incendies. Dans toute l'Australie, le Dragon de feu tire sur sa chaîne. Chacun doit redoubler de précautions. Une étincelle et les collines se transforment en rivière de feu. Le danger est aux portes de la ferme.

192 **Dix-neuf fables du méchant loup**
par Jean Muzi

19 fables et contes empruntés à la littérature populaire d'Europe, d'Asie et du Moyen-Orient dans lesquels le loup est accusé des pires cruautés. Tour à tour couard, naïf, lourdaud, sot et borné, le loup tombe sans cesse dans les pièges les plus grossiers. Accablé de moqueries, ridiculisé et berné, il subit de cruels supplices.

193 **Je suis innocent !!! (senior)**
par Mel Ellis

Danny Stuart, 17 ans, est accusé d'avoir assassiné un voisin. Au début, Danny est persuadé que son innocence va éclater à la vue de tous. Il n'hésite pas à partir en cachette nourrir Molly, la chienne de la victime, réfugiée dans les collines avec sa portée de chiots. Mais la date du procès se rapproche et Danny réalise angoissé qu'il n'a aucun moyen de se défendre contre les preuves accablantes qui s'accumulent contre lui...

194 **Une surprise pour grand-père**
par C. Everard Palmer

Après l'accident de leur grand-père, Milton, 13 ans, et son jeune frère Timmy, doivent s'occuper de leur petite ferme. Le vieil homme ne peut plus se déplacer seul et se retrouve cloué à la maison. Les deux garçons se mettent en tête de gagner suffisamment d'argent pour lui acheter le cabriolet qui lui permettra de « revivre ».

195 **Le vétérinaire apprivoisé**
par Arlette Muchard

« Moi, Marcel, petit chat seul au monde et affamé, je suis entré dans la maison d'Émilie et de Martine, sa maman, bien décidé à me faire aimer de ces deux humaines aux yeux tendres. Las ! un jour, un grand vétérinaire tenta d'envahir la maison, et ce fut la fin de notre tranquillité... »

196 **Albatros II (senior)**
par Colin Thiele

A Ripple Bay, petit port de pêche d'Australie, l'arrivée d'Albatros II, l'une des plus grosses plates-formes pétrolières du monde, provoque bien des discussions. Alors que Link Banks, 14 ans, désire connaître le fonctionnement d'une telle entreprise, Tina, sa sœur, s'inquiète : cette énorme silhouette d'acier représente une menace permanente pour les oiseaux de mer venus nicher sur la côte...

197 le crocodile Génia et ses amis
par Édouard Ouspenski

Dans une grande ville anonyme, des enfants et des bêtes décident de se faire des amis. Génia le crocodile, Badaboum, un étrange jouet raté qui ne ressemble à aucun animal connu, et tous leurs amis de rencontre entreprennent de construire une Maison de l'Amitié, mais une vieille mégère et un terrible rhinocéros tentent de les en empêcher.

198 le pays de l'or brûlant
par Ronimund Hubert von Bissing

David et sa sœur Marie s'éveillent sur une plage inconnue. Ils finissent par rencontrer un homme qui leur conte l'étonnant récit du lac d'Or Brûlant et qui leur remet à chacun un médaillon. Les enfants décident de partir à la recherche de ce lac entouré de mystère. La route est pleine de pièges et de tentations...

199 le prix d'un coup de tête
par Gérard-Hubert Richou

Stéphanie, 11 ans, est l'aînée de quatre enfants. Elle comprend les difficultés financières que rencontrent ses parents mais elle a l'impression d'en faire seule les frais. Un beau jour, sur un coup de tête, elle décide de s'en aller. En attendant le train qui l'emmènera au soleil, un étrange individu l'aborde courtoisement : « Bonjour princesse, je vous ai reconnue... ».

200 les mots en miel (senior)
par Sandrine Pernusch

Sabine veut « mériter » l'amour de son père, un homme prestigieux, un « savant ». Mais elle sait bien qu'il ne peut aimer une fille, surtout la sienne, qui demeurerait n'importe qui. Alors Sabine se met en tête de devenir une héroïne pour recevoir les petits mots tendres, les mots en miel qu'il ne lui dit jamais...

205 Julie et le pantin
par Philippe Cayeux

Julie, neuf ans, s'ennuie. Il lui manque vraiment un ami, un confident. C'est un étonnant pantin de bois, un jouet de rien du tout qui devient son compagnon de tous les instants, l'ami inséparable qui va transformer sa vie. Mais il y a aussi Rémi, le copain de classe...

206 Contre vents et marées (senior) Tome 1
par Nancy Bond

Paul Vickers et sa famille viennent de s'installer au cœur d'une région particulièrement touchée par la crise. La côte est bordée de villes fantômes, désertées depuis longtemps. C'est ce décor poignant que Paul explore à vélo au cours de l'hiver qui suit son arrivée. Il y fera des rencontres qui vont bouleverser sa vie...

207 Contre vents et marées (senior) Tome 2
par Nancy Bond

Paul Vickers fait la connaissance de plusieurs autochtones, tous dotés d'une forte personnalité : Maggie, écologiste fervente, Gabe, ancien marin-pêcheur, et Micky, une fille de onze ans, farouche et indépendante. Avec ses nouveaux amis, Paul se retrouve embarqué dans une opération de sauvetage peu ordinaire et n'hésite pas à braver les institutions en place...

208 Mystérieuse Garance
par Nicole Schneegans

Hugo, le cordonnier poète, raconte à ses petits-fils une drôle d'histoire d'amour. Tout a commencé par un coup de foudre lorsque Hugo a découvert Garance, princesse du pays du JE-NE-SAIS-QUOI, pour aussitôt la perdre de vue. Fou d'amour, Hugo se lance à sa recherche à travers d'étranges pays. Mais Garance est toujours ailleurs. Son rêve se fera-t-il réalité ?

209 L'été des chats sauvages
par Mary Riskind

En arrivant dans leur maison de vacances, Vicky et son jeune frère Steve découvrent des chatons abandonnés. Avec Lynn, leur amie, ils luttent pour sauver les deux chatons qui affirment bien vite un tempérament sauvage. Leur comportement ne ressemble en rien à celui des autres chats. Cet été-là va se révéler riche en épreuves et en découvertes...

210 Défense d'entrer par la fenêtre
par Florence Parry Heide

Noah n'est vraiment pas heureux. Ses parents viennent d'emménager dans un lotissement désert. Son père lui trouve mille corvées à faire et sa mère passe son temps dans les livres. Mais l'imprévu sonne à la porte et entre par la fenêtre...

211 Janus, le chat des bois
par Anne-Marie Chapouton

Depuis qu'il a été chassé de chez les hommes, Janus le chat vit dans les bois. Il mène une existence solitaire car les autres animaux sauvages ne veulent pas le reconnaître comme l'un des leurs et le rejettent. Seul Cloche, un écureuil déluré, lui offre son amitié. Ensemble le chat et l'écureuil vont avoir à surmonter de nombreux obstacles. Janus aura bientôt l'occasion de lui prouver sa fidélité...

212 Un barrage dans la vallée (senior)
par Jacques Delval

Marcel découvre, fasciné, la vallée qui s'étale sous ses yeux, baignée de soleil. Après sa vie parisienne mouvementée, a-t-il enfin trouvé l'endroit paisible qui lui permettra de reprendre son souffle ? Marcel ne se doute pas que ce village perdu de Haute-Provence cache, lui aussi, un secret. Un danger mortel plane sur ses terres, ses vignes, sur ses oliviers et ses maisons...

213 **Des docks au ring (senior)**
par Martin Ballard

Moggy Harris, quatorze ans, doit quitter l'école pour ramener de l'argent à la maison. Fils de docker, il sera docker lui aussi... Pourtant Moggy ne peut s'empêcher de rêver à une éventuelle carrière de boxeur. Il est prêt à tout pour échapper à une vie de pauvreté et de travail incertain dans les docks de Londres en ces dures années 20.

214 **Le grand réparateur**
par Guy Jimenes

Quelle aubaine ! Pierre peut faire toutes les bêtises qu'il veut. Le Grand Réparateur, ce mystérieux garçon qui apparaît dans les miroirs, les répare avant que Mémé ne les découvre ! Mais peu à peu l'autre se révèle moqueur. Comment se libérer du pouvoir du Grand Réparateur ?

215 **Le penseur mène l'enquête**
par Christine Nöstlinger

Daniel dit « le Penseur », Michaël « le Lord », et Otto dit « As de Pique » forment avec Lilibeth le petit clan très soudé de la classe de 4e D. Après une succession de vols commis dans la classe, le Lord est accusé. Ses trois amis, convaincus de son innocence, mettent tout en œuvre pour trouver le coupable.

216 **Complainte de la lune basse (senior)**
par Scott O'Dell

L'arrivée des soldats blancs, les Longs Couteaux, dans le cañon de Chelly, bouleverse la vie paisible des Indiens Navahos. Ils saccagent le village et brûlent les récoltes. A demi-morts de faim, Matin Ensoleillé et les siens doivent se rendre aux soldats. La tribu entière entre en captivité. Mais Matin Ensoleillé garde l'espoir d'une vie meilleure...

Cet
ouvrage,
le deux-cent
vingtième
de la collection
CASTOR POCHE,
a été achevé d'imprimer
sur les presses de l'imprimerie
Brodard et Taupin
à La Flèche
en mai
1988

Dépôt légal : Juin 1988.
N° d'Edition : 15740. Imprimé en France
ISBN : 2-08-161948-2
ISSN : 0248-0492